SOPHIA FARAGO

Ein
EARL
zum Verlieben

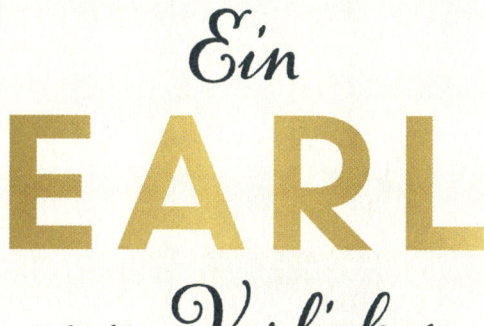

ADVENTS-LIEBESROMAN
MIT 24 SEITEN ZUM AUFSCHNEIDEN

Dear Ladys, Honorable Gentlemen,

darf ich Sie, bevor Sie ins England zur Zeit des Jahres 1816 eintauchen und das Vergnügen haben werden, Miss Alexa Winford vor den Folgen eines Skandals zu bewahren, auf etwas Wichtiges aufmerksam machen? Dies ist kein gewöhnlicher Weihnachtsroman, sondern ein Escape-Adventskalender, also eine Geschichte voller Geheimnisse und Rätsel. Sie werden die junge Lady auf den Landsitz des Earl of Sharingham begleiten, wo Alexa mit ihrer Großtante einen Weihnachtsball besuchen wird, und sollten ihr dabei helfen, bei jedem Kapitel eine Aufgabe zu lösen. Dazu werden Sie mehrere Antwortmöglichkeiten entdecken, neben denen jeweils ein kleiner Bildausschnitt zu sehen ist. Doch nur neben der richtigen Antwort befindet sich ein Bild, das Sie auch tatsächlich auf einer der Zwischenseiten des Buches entdecken können. So werden Sie erfahren, auf welcher Seite die Geschichte weitergeht. Achten Sie beim Lesen unbedingt auf Details. Es könnte sein, dass Sie sie später wieder brauchen werden. Sobald Sie die jeweils richtige Zwischenseite entdecken (keine Sorge, es sind keine Fallen eingebaut), öffnen Sie bitte die darauffolgende Aufschneideseite.

Die richtige Antwort finden – den Bildausschnitt entdecken – die darauffolgende Seite öffnen.

Nur so schaffen Sie es, Alexa zu ihrem Glück zu verhelfen.

Dieses Buch ist:

1 EIN OSTERHASEN-MALBUCH

2 EIN MUTTERTAGS-HÖRBUCH

3 EIN REGENCY-ADVENTSKALENDER

1   **2**   **3**

Miss Alexa Winford nahm auf dem schweren, dunkelgrünen Sessel am Schreibtisch Platz und schob Wasserfarben und Pinsel zurecht, bevor sie der Schublade einige Bögen Büttenpapier entnahm. Dann drehte sie den kleinen Weihnachtsstern im Topf so, wie sie ihn malen wollte, und tunkte einen der Pinsel in die rote Farbe. Wie still es im Haus war, wie friedlich. Alexas Mutter und ihre jüngere Schwester Constance waren vor einer Weile zu einem Besuch bei Onkel Alfred aufgebrochen. Viscount Cheldon hatte die beiden mit der vagen Aussage, es gäbe verflixt gute Neuigkeiten, zu sich gerufen. Er war nicht nur Mamas gutmütiger, jüngerer Bruder, sondern auch der Vormund ihrer Töchter. Hinter Constance lag, hübsch, wie sie war, und reizend, wie sie sich in Gesellschaft benahm, eine fulminante erste Saison. Alexas eigene, bereits dritte, war bei Weitem weniger erfreulich verlaufen.

„Vier!" Mit diesem begeisterten Ausruf stürmte Constance ins Zimmer und mit der Stille war es schlagartig vorbei. Sie hatte sich noch nicht die Mühe gemacht, den Umhang abzulegen. Ein paar hartnäckige Schneeflocken zierten ihren entzückenden, rosa Schutenhut, und ihre blonden Korkenzieherlocken wippten. „Kannst du dir das vorstellen, Alexa? Unser Onkel hat in den letzten Tagen gleich vier Heiratsanträge für mich bekommen. Mutter ist außer sich vor Glück. Findest du das nicht auch fantastisch?"

„Fantastisch!", bestätigte ihre ältere Schwester, und es gelang ihr tatsächlich, sich mit Constance zu freuen.

„Wenn man bedenkt, dass du schon drei Saisons hinter dir und noch keinen einzigen bekommen hast, dann ist das umso bemerkenswerter, findest du nicht auch?"

Und schon fiel Alexa das Mitfreuen um einiges schwerer. „Das stimmt doch gar nicht", setzte sie sich zur Wehr. „Hast du Mr Withypool und Mr McSelkirk vergessen?"

„Mitgiftjäger zählen nicht", urteilte ihre Schwester streng. „Und kein vernünftiger Mensch möchte nach Schottland hinaufziehen." Sie reichte ihren Umhang an den herbeigeeilten Butler weiter. „Aber es geht hier nicht um dich, sondern um mich." Ihre Lippen verzogen sich zu einem Schmollmund. „Du hast mich noch gar nicht gefragt, wer meine Verehrer sind und wie ich mich entschieden habe! Mama und Onkel Alfred sind von meiner Wahl begeistert. Sie haben mich ausdrücklich dafür gelobt, dass ich nicht auf Äußerlichkeiten achte."

„Nun", Alexa steckte den Pinsel aufseufzend ins Wasserglas. „Wer ist also der Glückliche?"

„Das musst du schon selbst herausfinden, Schwester. Du hältst dich doch ohnehin für so unfassbar klug. Weißt du, wie sehr ich mich darauf freue, endlich aus deinem Schatten zu treten? Immer war ich die Dumme, die Kleine, und nun endlich werde ich dich im Rang überflügeln!"

Alexa zog die Stirn kraus. „Du meinst, weil du im Gegensatz zu mir bald eine verheiratete Frau sein wirst?"

„Ja, das natürlich auch", Constance nickte. „Aber nun fang endlich an zu raten!"

Alexa überlegte, „Mr Allerford ist besonders gut aussehend ..."

„Das stimmt", unterbrach ihre Schwester sie sofort wieder. „Hast du seine blauen Augen bemerkt? Ich könnte darin versinken. Schade, dass Mama seine Mutter nicht leiden kann. Was für Edwin Bowen spricht, ist sein berühmtes Schloss nahe Edinburgh, das mehr als doppelt so groß sein soll wie der Landsitz von Baron Dunblane in Kent. Der Baron ist ein eher ernster, wortkarger Mann und er zieht seine eigenen Kräuter."

„Und der Vierte?", wollte Alexa wissen.

„Mr Culbone ist ein schneidiger Reiter, sagenhaft reich und unfassbar belesen. Erst neulich beschlich mich der Eindruck, er habe eine Bibliothek verschluckt. Nun sag, wem werde ich meine Hand zum Bund reichen?"

Alexa brauchte nicht lange zu überlegen. Auch wenn ihr Constances Beweggrund einen Stich im Herzen verursachte, so kannte sie die Antwort.

Constances Auserwählter ist:

1 MR ALLERFORD

2 MR BOWEN

3 BARON DUNBLANE

4 MR CULBONE

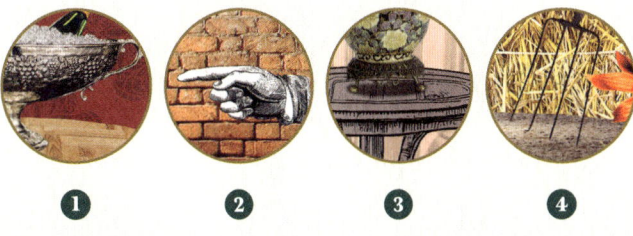

Alexa ahnte nichts von den dunklen Wolken, die sich über ihrem Kopf zusammenbrauten. Noch war nicht Donnerstag und noch war der Artikel von Mr Shildon, dem Mitherausgeber des *Rochester Chronicle*, nicht erschienen. Noch waren die Schriftsetzer damit beschäftigt, die Buchstaben in die Druckerpresse zu setzen, und noch herrschte auf Sharingham Manor nichts als Fröhlichkeit.

„Es ist höchste Zeit, dass wir uns den Weihnachtsvorbereitungen zuwenden, Liebes!", sagte Tante Ethel, als sie nach dem Frühstück im gemütlichen Wohnzimmer Platz nahmen. „Während wir plaudern, kann ich mit den Samtpantoffeln fortfahren, die ich für meinen Neffen besticke."

„Lord Sharingham bekommt ein Geschenk von dir?", vergewisserte sich Alexa überrascht. „Aber er wird doch am Christtag gar nicht anwesend sein."

„Das kann man nie wissen. Manchmal kommt er, meistens aber nicht. Ein Dank dafür, dass er mir im Dezember ein warmes Quartier bietet und mir überdies seinen Stallknecht als Kutscher zur Verfügung stellt, steht ihm jedoch allemal zu."

Wie gut, dass ich die drei feinen Taschentücher mitgebracht habe, dachte Alexa im Stillen. Die hatte sie im Sommer mit einer kunstvollen Häkelbordüre verziert und eigentlich für ihre Mama gedacht. Jetzt würden sie ihr stattdessen für die Großtante gute Dienste tun.

„Ich habe kein Geschenk für den Earl", gestand sie. „Auch ich möchte meine Dankbarkeit mit einem kleinen Präsent zeigen. Was könnte ihm Freude bereiten?"

„Wie wäre es mit einer deiner entzückenden, kleinen Malereien?", schlug die Ältere vor. „Der Gärtner hat mich übrigens gefragt, welche Pflanzen wir für die Dekoration haben möchten. Sag, Liebes, was würde dir gefallen?"

„Mama hat vor einigen Jahren eine Girlande aus Zweigen einer Eibe anfertigen und rund um den Türstock zum Wohnzimmer anbringen lassen", erinnerte sich Alexa. „Das sah wunderhübsch aus und es roch auch noch so gut!"

„Was für eine bezaubernde Idee", war Ethel sofort begeistert. „Ich werde den Gärtner zudem um einen buschigen Mistelzweig bitten. Den können wir dann in der Mitte der Girlande aufhängen."

Alexa wusste selbst nicht, warum sie leicht errötete. Es war doch ohnehin kein männliches Wesen da, das sie unter dem Mistelzweig hätte küssen können.

„Weil wir gerade von Eibe sprechen", sagte sie rasch. „Was hältst du von dem Gerücht, Königin Charlotte würde so einen Baum im Palast aufstellen lassen? Anscheinend ist das in ihrer alten Heimat Mecklenburg so üblich."

„Einen ganzen Baum? Sieht das nicht seltsam aus?" Ethel blickte irritiert von ihrer Stickerei auf.

„Ich denke, das kann auch sehr hübsch sein", überlegte Alexa. „Man schmückt ihn angeblich mit Kerzen, vergoldeten Walnüssen, Päckchen mit Mandeln und Rosinen und noch so allerhand Zuckerwerk."

Jetzt war die Tante doch Feuer und Flamme. „Ach, wie nett!

Dann sollten wir auch so eine Eibe haben. Jetzt, da ich nicht allein feiern muss, habe ich Lust auf etwas Besonderes."

„Das Schmücken würde ich gern übernehmen, wenn es dir recht ist", schloss sich Alexa ihrer Begeisterung an.

Natürlich war die Ältere auch damit einverstanden. „Wir werden die Haushälterin nach Bändchen fragen", meinte sie. „Und dann machen wir einen Ausflug in die Stadt und besorgen die nötigen Kerzen. Wegen allem anderen sprichst du am besten mit der Köchin. Dann kannst du sie auch gleich fragen, ob sie ohnehin daran denkt, alles für den Plum Broth zu besorgen."

„Ich liebe diese traditionelle, dicke Suppe", rief Alexa aus. „Was braucht man eigentlich alles dafür?"

„Nun", die Tante dachte nach, „Rind- und Kalbfleisch natürlich, Trockenfrüchte und jede Menge Gewürze. Alkohol darf nicht fehlen, also Portwein, Brandy, Madeira, Sherry und roter Bordeaux. Dazu gemahlene Cochenille, damit das Ganze seine schöne, hellrote Farbe bekommt."

„Cochenille?", wiederholte Alexa. „Was ist das?"

Ethel überlegte. Was war das eigentlich?

Cochenille besteht aus …

❶ … GETROCKNETEN TOMATEN AUS CHINA.

❷ … GETROCKNETEN SCHILDLÄUSEN AUS SÜDAMERIKA.

❸ … GETROCKNETEN CHILISCHOTEN AUS INDIEN.

Weg nach Hampstead würden wir doch jederzeit auch ohne so eine Hilfe finden." Sie legte Brief und Landkarte auf die Tischplatte. Ihre Töchter blickten ihr neugierig über die Schulter.

Wohin soll Alexa reisen, um zu ihrer Großtante zu kommen?

1 NACH READING

2 NACH ROCHESTER

3 NACH REDHILL

Meine liebe ████te!

Von Herzen gern w████ ████ deine reizende Tochter bei mir beherbergen, doch ich bin bereits auf dem Sprung nach R████. Mein Neffe ████ meines ████ der ████ am, ist von seinem ████ nach Essex hinauf ████ worden und ich habe die Freude, über die Weihnachtsfeiertage wieder einmal ████ Haus zu hüten. ████ wird gegen Alexas ████ nichts einzuwenden haben. Von der Vauxhall Bridge geht es immer nach Osten. Etwas südlich des Observatoriums gabelt sich der Weg. Euer Kutscher soll nach Osten bis nach Dar████ fahren. In der dortigen Poststation speist man ganz vorzüglich. Dann einfach der Straße nach R████ weiter folgen. Das Anwesen liegt etwas nördlich der Stadt auf einer Anhöhe und ist nicht zu übersehen.

In Liebe, deine Tante Ethel,
Lady Wendover

„Ich verstehe nicht, warum sich Tante Ethel noch immer nicht gemeldet hat", beschwerte sich die Baronetess. „Langsam beginne ich, mir Sorgen zu machen."

„Meine Vorfreude hält sich in Grenzen", murrte Alexa. „Du weißt, ich liebe die Halbschwester meiner Großmutter, aber ihr altes Haus in Hampstead ist bereits im Sommer klamm und es zieht durch alle Ritzen. Wie schrecklich muss es dort erst im Winter sein."

„Wenn eine alte Lady das Leben dort aushält, dann wirst du junges Ding das auch schaffen", lautete die nüchterne Antwort.

„Aber dort ist nichts los, Mama", versuchte es Alexa erneut. „Nur eine Partie Whist mit ihren Freundinnen ab und zu. Ich werde nicht wissen, wohin mit meiner Langeweile."

„Das hättest du dir früher überlegen müssen", antwortete Constance streng. „Warum musst du auch immer das letzte Wort haben?"

Alexa beachtete sie nicht. „Kann ich wirklich nicht irgendwo anders unterkommen?", fragte sie stattdessen.

„Da sowohl dein Vater als auch ich keine Geschwister haben, wüsste ich nicht, wo." Ihre Ladyschaft verzog bedauernd die Lippen. „Wir müssen auf die Einladung deiner Großtante warten."

„Aber Morgen ist der Tag unserer Abreise, Mama!" Constance sprang auf und begann mit raschen Schritten im Wohnzimmer auf und ab zu gehen. „Du musst mir versprechen, dass wir den Baron nicht warten lassen, nur weil du dich um Alexa kümmern

musst. Hätte sie ihren Mund gehalten und Dunblane nicht vor den Kopf gestoßen, dann befänden wir uns nicht in dieser misslichen Lage."

„Ich habe dich verteidigt!", rief Alexa empört.

„Ich habe dich nicht darum gebeten", antwortete die andere patzig, um dann noch eins draufzusetzen: „Wenn ich erst einmal Baronin bin, dann werde ich dir Kraft meines hohen Standes verbieten, meinem Gatten je wieder zu widersprechen. Und mir auch."

„Kinder, bitte, keinen Streit! Aber hört nur, mir scheint, ich vernehme Hufgetrappel."

Mit einem Satz war Alexa beim Fenster. „Du hast gute Ohren, Mama. Es ist tatsächlich Joseph, der da vom Pferd springt. Und es gießt in Strömen. Der arme Bursche muss bis auf die Haut durchnässt sein."

„Nun, dann wollen wir hoffen, dass er es nicht wagt, mit schlammigen Schuhen das Wohnzimmer zu betreten", war alles, was Constance dazu einfiel.

Es dauerte nicht lange und der Butler erschien. „Die gewünschte Nachricht ist eingetroffen, Mylady. Zu meinem Bedauern hat das Schreiben den Ritt nicht gänzlich unbeschadet überstanden."

Seine Herrin griff nach dem Brief. „Aber der ist ja ganz nass!", rief sie entsetzt. „Wollen wir hoffen, dass die Tinte nicht komplett verwischt ist."

Sie faltete das Papier auf, als ihr etwas entgegenfiel. „Da ist ja auch ein Stück einer Landkarte. Das ist seltsam. Den kurzen

Am nächsten Tag konnte es Lady Winford immer noch nicht glauben, dass ihre Tochter das ominöse Rätsel gelöst hatte. Constance war zu einem Besuch bei ihrer Busenfreundin Violet aufgebrochen, um ihr alles über die Verlobung und das rauschende Fest zu erzählen, das ihr Auserwählter ihr zu Ehren zu Weihnachten zu geben gedachte.

„Natürlich, Mama. Du weißt doch, wie gern mich Pfarrer Simon an seinem astronomischen Wissen teilhaben lässt. Die Bahn der Venus kreuzt niemals die der Erde, und die Sonne steht der Erde niemals näher als der Mond. Was uns der Baron auf seine unnachahmlich hochnäsige Art wissen lassen wollte, war, dass ich auf seinem Landsitz nicht willkommen bin."

„Also, das ist wirklich unhöflich!", empörte sich die Baroneß. „Er hätte ein Auge zudrücken können, zumindest Constance zuliebe." Dann seufzte sie. „Wie oft habe ich dich gewarnt, Alexa? Gentlemen mögen es nicht, wenn man ihnen widerspricht. Das kränkt sie in ihrer Ehre und Männlichkeit. Musst du immer den Mund aufmachen?"

„Warum sollte ich schweigen, wenn ich etwas weiß, Mama?", begehrte Alexa auf. „Ich lese viel und ..."

Ihre Mutter seufzte abermals. „Vielleicht ist das der Fehler. Ich hätte dir all diese Bücher nicht erlauben sollen. Sei es, dass du dadurch zu klug geworden bist, oder dich auch nur dafür hältst, Männer schreckst du dadurch ab. Sie wollen eine Frau, der sie die Welt erklären können, nicht umgekehrt. Und schon gar nicht sehnen sie sich nach einer Gattin, die ihnen widerspricht. Merk dir das, sonst bleibst du dein Leben lang eine alte Jungfer."

„Sehr freundlich von dir, vielen Dank", murmelte Alexa bitter.

„Da haben wir schon das Nächste", rügte ihre Mutter. „Sarkasmus und Ironie sind dem männlichen Teil der Menschheit vorbehalten. Bei einer jungen Lady wirken sie schroff und undamenhaft. Damit schreckst du auch die Mutigsten ab. Du bist eine Schönheit, Alexa. Ja, ich gehe sogar so weit zu behaupten, dass du hübscher bist als deine Schwester. Sie ist eher niedlich, mit ihrem Schmollmund und den blonden Löckchen ..."

„... mit denen sie gekonnt ihr kritisches, manchmal sogar boshaftes Inneres verbirgt", beendete Alexa den Satz.

„Das mag sein", stimmte ihr die Mutter überraschend zu, „aber sie ist eben klug genug, das zu verbergen. Vier Heiratsanträge von respektablen Bewerbern sind der gerechte Lohn. Du hingegen vertreibst mit deinem frechen Mundwerk jeden, der es wagt, in deine Nähe zu kommen."

„Mich wundert es, wie duldsam lächelnd sich Constance dem Baron gegenüber verhalten hat", meinte Alexa anstelle eines Kommentars. „Uns gegenüber scheut sie kein offenes Wort."

Überraschenderweise ließ ihre Mutter ein kleines Kichern hören. „Deine Schwester ist gewitzt, meine Liebe. Sie hat mir erst neulich ihre Devise verraten. Warte ..." Sie stand auf, ging zum Schreibtisch und griff zu Tinte und Feder. „Ich schreibe dir die Worte auf. Dann kannst du sie so oft lesen, bis du sie ebenfalls verinnerlicht hast."

An der Weisheit ihrer Schwester nicht wirklich interessiert, vertiefte Alexa sich in das Buch in ihren Händen. Mit halbem Ohr hörte sie, wie die Mutter das Zimmer verließ. Kurze Zeit später trat Constance ein, die Wangen vor Kälte und Freude gerötet.

„Du glaubst gar nicht, wie sehr mich meine Freundinnen beneiden, Alexa. Egal ob Violet, Emilia oder die nichtssagende Miss Stirling, keine hat Aussicht darauf, in den Hochadel einzuheiraten. Nur ich ..." Ihr Blick streifte die Schreibtischplatte.

„Wie kommt Mama dazu, meine eigenen Worte niederzuschreiben?", rief sie empört. „Die habe ich ihr unter dem Siegel der Verschwiegenheit anvertraut!" Sie schnappte das Blatt und riss es in kleine Stücke, die malerisch zu Boden segelten, bevor sie wutentbrannt den Raum verließ.

Alexa, nun doch neugierig geworden, hob die Papierschnipsel auf.

Wovon war darin die Rede?

❶ VON KINDERERZIEHUNG

❷ VON ZIMMERPFLANZEN

❸ VON EINEM GREIFVOGEL

❶   ❷   ❸

Weise Worte, die ich nur befürworten kann", sagte der Earl, nachdem er erkannt hatte, dass sich die Buchstaben der beiden Lebensweisheiten abwechselten. „‚Schlage sie mit ihrer eigenen Waffe' halte ich allerdings für ein eher ungewöhnliches Motto für eine junge Lady." Insgeheim wusste er, dass er selbst diesen Ratschlag in Kürze befolgen würde. „‚Nimm ihnen den Wind aus den Segeln' scheint mir für Sie daher der gangbarere Weg. Was also haben Sie vor?"

Alexa hatte ihren Rundgang durch das Zimmer wieder aufgenommen, und Tante Ethel war zum Klingelstrang getreten, um nach dem Teetablett zu läuten. Der Earl lehnte sich in seinem Lehnstuhl zurück. Zufrieden bemerkte er, wie er die Gegenwart der beiden Damen in seinem sonst so stillen und einsamen Zuhause zu genießen begann. Miss Winford war bezaubernd und so erfrischend anders als die anderen jungen Ladys, die er kannte. Tante Ethel war ebenfalls etwas ganz Besonderes. Er bewunderte sie dafür, dass sie sich zurückhielt und ihre Nichte nicht mit guten Ratschlägen überschüttete.

„Ich werde doch Ihre Hilfe brauchen", hörte er Alexa da sagen und spürte einen Stich der Enttäuschung. Er hätte sich gewünscht, ihr Kampfgeist und ihr Ideenreichtum wären größer und sie würde sich nicht hinter seiner Machtposition verstecken wollen.

„Und zwar von euch beiden", setzte sie zu seiner freudigen Überraschung fort. „Ich möchte eine kleine vorweihnachtliche Soiree geben."

„Eine Soiree?", rief Tante Ethel aus. „Was für eine glänzende Idee! Ich muss unbedingt meine Freundinnen dazu einladen."

„Eine Soiree?", wiederholte nun auch der Earl. „Sie nehmen das mit dem Wind und den Segeln tatsächlich ernst. Möchten Sie alle, über die Sie gelästert haben, einladen, damit sie Sie kennen und schätzen lernen? Sollte der schäbige Schmierfink jemals Ihren Namen verraten, wird ihm keiner mehr glauben und die Erpressung ins Leere gehen."

Ein strahlendes Lächeln belohnte diese Worte. „Wie schnell Sie meinen Plan durchschaut haben, Mylord!", rief Alexa begeistert. „Falls ich den Mut aufbringe, möchte ich sogar noch weitergehen und mich entschuldigen. Bitte sagen Sie Ja zur Soiree. Wie könnte ich gekränkte Gemüter besser beruhigen als mit einem Abend im vornehmsten Haus des Landkreises? Noch dazu in Gegenwart des wahrhaftigen Earls."

Jetzt lachte er schallend auf. „Wird denn der wahrhaftige Earl ebenfalls anwesend sein?"

„Aber natürlich!", antwortete sie. „Eine Einladung bei einer simplen Miss Winford hat doch keine schmerzstillende Wirkung. Ich brauche Sie, Lord Sharingham!"

Wie hätte er zu solchen Worten Nein sagen können?

Tante Ethel begann den Tee einzuschenken, und er selbst griff zum Brandy, den der Butler zum Glück nicht vergessen hatte, bevor er sich zwei Gurkensandwiches auf einen kleinen Teller lud. Oh ja, das Leben auf seinem Landsitz war durch die beiden Damen wahrlich abwechslungsreicher geworden! Man konnte glatt behaupten, dieser Nachmittag entwickelte sich, völlig überraschend, zu einem der vergnüglichsten der letzten Jahre.

Das erste Mal seit dem Tod seiner Eltern begann er sogar, sich auf Weihnachten zu freuen. „Werden wir das alles zeitlich schaffen?", wollte er wissen. „Wann erwartet dieser Gauner Ihren nächsten Besuch? Die Soiree muss unbedingt vorher stattfinden, wenn wir erfolgreich sein wollen."

„Sie lassen mich also nicht im Stich?" Alexa klatschte begeistert in die Hände. „Ich danke Ihnen! Ich danke Ihnen so sehr!"

Aus einem Impuls heraus wäre sie dem Earl am liebsten um den Hals gefallen. „Shildon will mich am 23. Dezember um vier Uhr wiedersehen", erklärte sie stattdessen. „Somit erscheint mir der 21. der beste Termin für unsere wunderbare Einladung zu sein."

„Der 21. Dezember?", fuhr die Tante auf. „Das ist St. Thomas Day. An dem Tag dürfen wir auch etwas anderes nicht vergessen, meine Lieben."

Am 21. Dezember werden in England beim Thomasing nach alter Tradition ...

❶ ... ALTE FRAUEN, OFT ARME KRIEGER-WITWEN, BESCHENKT, DIE VON HAUS ZU HAUS ZIEHEN.

❷ ... DIE TIERE IM STALL MIT BESONDEREM FUTTER BEDACHT.

❸ ... DIE LIEDER UND PSALMEN FÜR DIE WEIHNACHTSMESSE AUSGESUCHT.

❶ ❷ ❸

gebrochene mit „Roch-" wird wahrscheinlich Rochester bedeuten."

„Ein Sturm dürfte das hölzerne Ding zu Fall gebracht haben", vermutete der Kutscher. „Vielleicht waren aber auch Vandalen am Werk. Jetzt haben wir keine Chance, den richtigen Weg zu finden."

Da hatte Kitty eine Idee. Sie mussten nur …

❶ … BIS ZU EINEM WIRTSHAUS IN HIGHAM ZURÜCKFAHREN.

❷ … DREI MAL LAUT PFEIFEN UND AUF EINE REAKTION WARTEN.

❸ … DEN WEGWEISER AUF EINE BESTIMMTE ART AUFSTELLEN.

Da der Baron Constance und ihre Mutter in seinem modernen Landauer abholte, stand Alexa die bequeme Reisekutsche ihrer Familie für die Fahrt nach Rochester zur Verfügung. Ein Stallbursche hatte vorsorglich heiße Ziegelsteine auf dem Boden des Wagens ausgelegt, sodass sie und ihre Zofe Kitty zumindest während der ersten Etappe ihrer Reise nicht frieren mussten. Beide hatten sich in ihre wärmsten Mäntel und dazu noch in dicke Decken gewickelt. Während die Zofe eine selbst gestrickte Wollmütze und Fäustlinge trug, hatte Alexa die Ohrenklappen ihres mit Fell gefütterten Reisehuts heruntergeklappt und die Hände in einen Muff aus flauschigem, hellgrauem Fuchsfell gesteckt. Ich werde für Kitty auch so eine Fellmütze besorgen, die ich ihr am Boxing Day schenken kann, nahm sie sich vor. Alexa hatte einiges von ihrem Taschengeld gespart, um ihrer vertrauten Zofe am 26. Dezember eine Freude bereiten zu können. Nach alter Tradition wurden an diesem Tag treue Diener damit belohnt, dass man ihnen Boxen mit nützlichen Geschenken und manchmal auch süßen Köstlichkeiten überreichte.

Am Morgen der Abreise hatte es in großen Flocken zu schneien begonnen. Die Poststraße war zum Glück dennoch gut zu erkennen, sodass sie ohne Probleme vorankamen. Die Erwähnung des Observatoriums hatte für Alexa den ausschlaggebenden Hinweis geboten, wohin sie reisen mussten, hatte ihr doch Pfarrer Simmons verraten, wo sich dieses befand. Also lenkte der Kutscher den Wagen zuerst nach Osten, an Greenwich vorbei und hielt sich an der Weggabelung in Richtung Osten. Wenn alles wie geplant verlief, was man bei so weiten Fahrten nie wissen konnte, dann sollten sie am späten Nachmittag das Haus von Großtante Ethels Neffen, dem Earl of Sharingham, erreichen.

Da die Schneedecke die Kutschenräder nur so dahingleiten ließ, erreichten sie Dartford zur Mittagszeit. Sie befolgten Tante Ethels Rat und machten in der Poststation Halt. Vor dem wärmenden Kaminfeuer ihres Extrazimmers genehmigten sie sich jede eine Tasse heißer Schildkrötensuppe, die von herrlich duftendem Brot begleitet wurde. Dann wollte sie die Wirtin nicht gehen lassen, bevor sie nicht auch noch von ihrer Treacle Tart gekostet hatten, einer Torte aus Mürbeteig mit einer köstlich klebrigen Füllung aus Zuckerrübensirup mit Zitrone.

„Wir müssen uns sputen, Miss Winford", drängte der Kutscher, als Alexa aus dem Gasthof trat und die Hände wieder in den Muff steckte. „Der Schneefall ist noch stärker geworden. Nebel beginnt einzufallen. Zum Glück hat mir der Stallbursche eine Abkürzung ab Higham verraten, sodass wir unser Ziel auf alle Fälle noch vor Einbruch der Dunkelheit erreichen sollten."

Sie fuhren einige Zeit fröhlich plaudernd die Poststraße entlang, bevor sie bei einer kleinen Kapelle in einen Feldweg einbogen und es ordentlich zu rumpeln begann. Dann plötzlich blieb der Wagen stehen, und schon öffnete der Kutscher den Schlag.

„Ich bedaure, Miss, aber wir müssen wohl umkehren. Ich habe es bis zur Weggabelung geschafft, die mir der Bursche beschrieben hat. Hier sollte ich mich nach dem hölzernen Wegweiser richten, wobei einer der vier Pfeile die Straße nach Rochester anzeigen sollte. Aber sehen Sie selbst!"

Er wies auf den Wegweiser, der am Boden lag. Seine Pfeile ragten in den Himmel. Einer von ihnen war abgebrochen.

„Higham, Wainscott, Cuxton", las Alexa laut vor, „und der ab-

gern bei sich haben wird. Wir müssen nur noch ihre Antwort abwarten."

„Warum erzählst du uns das Ganze so kompliziert, Mama?", beschwerte sich Constance. „Sag doch einfach ihren Namen!"

„Aber so ist es doch viel amüsanter", befand ihre Mutter. „Und das Nachdenken vertreibt euch die Zeit. Ihr habt doch derzeit ohnehin nichts Wichtigeres zu tun."

„Ich soll die Weihnachtsfeiertage bei einer Wildfremden verbringen?", vergewisserte sich Alexa schockiert.

„Aber, das ist doch keine Wildfremde", korrigierte sie die Baronetess.

Das ist …

① … DIE HALBSCHWESTER VON ALEXAS GROSS-MUTTER MÜTTERLICHERSEITS.

② … DIE HALBSCHWESTER VON ALEXAS GROSS-MUTTER VÄTERLICHERSEITS.

③ … DIE WITWE VON ALEXAS VERSTORBENEM GROSSVATER.

„Was soll denn das heißen, dass man den Falken fangen muss, bevor man ihn abrichten kann?", erkundigte sich Alexa tags darauf beim Frühstück. „Seit wann hast du denn etwas mit Greifvögeln zu tun?"

„Und du behauptest, klug zu sein?", antwortete ihre Schwester voller Ironie, wofür sie, wie Alexa bitter feststellte, im Gegensatz zu ihr nicht gerügt wurde. „Dabei fehlt dir das Verständnis für die einfachsten Lebensweisheiten."

„Was Constance meint, ist, dass eine kluge junge Lady einen Mann zuerst einfangen muss, bevor sie ...", begann die Mutter.

„Einfangen?", wiederholte Alexa und runzelte die Stirn. „Wie soll denn das gehen?"

„Mein Gott, stell dich doch nicht so dumm an!", fuhr Constance auf. „Ich lächle liebreizend, ich bedanke mich überschwänglich für die kleinsten Kleinigkeiten, ich widme ihm meine volle Aufmerksamkeit und schenke ihm Blicke, als sei er der Held meines persönlichen Märchens. Natürlich widerspreche ich nie, höre zu, statt zu reden, und denke mir meinen Teil. Kurz: Ich benehme mich genau entgegengesetzt zu dir."

„Nicht dass ich das nicht bemerkt hätte", kommentierte ihre Schwester trocken, „ich wusste nur nicht, dass dein Verhalten auf Berechnung beruht."

„Niemand spricht hier von Berechnung, man nennt es wohldurchdachte Taktik. Sobald dir der Mann aus der Hand frisst und, noch wichtiger, sobald sein Ring an deinem Finger steckt, kannst du beginnen, ihn langsam, still und leise nach deinen Wünschen zu formen. Nehmen wir zum Beispiel meinen Baron. Noch gestatte ich ihm, mich ohne Widerrede vor eurer aller Ohren wie ein dummes Schulmädchen zu behandeln. Doch bereits wenn wir über Weihnachten auf seinem Landsitz sein werden, werde ich damit beginnen ..."

„Aber wir werden doch nicht auf seinem Landsitz sein", widersprach Alexa. „Hast du vergessen, dass er mich dort nicht haben will?"

„Jetzt sei doch nicht schon wieder so egoistisch!", empörte sich die Jüngere. „Niemand spricht hier von dir. Mama und ich werden die Einladung selbstverständlich wahrnehmen. Du kannst ja in der Zwischenzeit ..."

„Constance!", rief Alexa entsetzt. „Du wirst mich doch nicht ganz allein hier in London lassen wollen? Zu Weihnachten!"

„Natürlich nicht", mischte sich ihre Mutter ein und legte ihr begütigend die Hand auf den Unterarm. „Ich hatte eine Idee, wo du bleiben könntest. Also habe ich Joseph losgeschickt und warte stündlich auf eine Antwort. Du kannst dich wahrscheinlich nicht mehr daran erinnern, aber dein Vater hat seine Schwiegermutter Lady Louise – Gott sei ihrer Seele gnädig – geliebt. Die beiden haben sich um so vieles besser verstanden als sie und ich. Louises Vater war ein Earl. Stell dir vor, der hat vier Mal geheiratet! Mein Gott, muss das damals für Aufsehen gesorgt haben, obwohl er die Gattinnen natürlich nicht gleichzeitig hatte. Louise war seine älteste Tochter. Du sollst Weihnachten bei seiner Tochter aus der dritten Ehe verbringen. Die ist zwei Mal verwitwet, hat aber keine eigenen Kinder und ist sicher einsam. Ich habe mich mit der Bitte an sie gewandt, dich über die Feiertage aufzunehmen, und bin überzeugt, dass sie, allein, wie sie ist, dich

Was für ein Glück, dass Mama trotz all meiner Einwände darauf bestanden hat, dass ich ein Ballkleid mitnehme, dachte sie im Stillen. Nicht auszudenken, wenn sie im Gewand einer alten Dame im Ballsaal hätte erscheinen müssen!

„Warum hast du denn diesen schwarzen Koffer noch nicht ausgepackt?", fragte Alexa ihre Zofe, als sie sich für das Abendessen umkleiden wollte und das Gepäckstück in der Ecke stehen sah. „Darin ist mein Ballkleid, das dringend aufgebügelt gehört."

„Das würde ich ja gern, aber ich kann den Koffer nicht öffnen. Die Kammerfrau hat ein dreistelliges Zahlenschloss angebracht und sich ein Rätsel ausgedacht, damit kein Dieb an Ihre wertvollen Sachen kommt. Mir hat sie zwar die Lösung verraten, doch ich habe sie vergessen. Hier ist der Zettel mit dem Rätsel, sehen Sie selbst!"

491 Eine Zahl stimmt, sie befindet sich an der falschen Stelle.

725 Eine Zahl stimmt, befindet sich aber auch an der falschen Stelle.

793 Eine Zahl stimmt und ist an der richtigen Stelle.

317 Zwei Zahlen stimmen, sind aber an der falschen Stelle.

849 Von diesen Zahlen stimmt keine.

Welche Zahl öffnet das Schloss?

1 153
2 713
3 132

1 **2** **3**

Es war am Vortag schon spät gewesen, als sie endlich durchgefroren und müde ihr Ziel erreichten. Dank Kittys Idee hatten sie den Wegweiser so aufgestellt, dass der Pfeil nach Higham dorthin zeigte, von wo sie gekommen waren, und so wussten sie dann, in welche Richtung sie weiterfahren mussten.

„Willkommen auf Sharingham Manor, meine Liebe!", hatte Lady Ethel Wendover ausgerufen und Alexa bereits in der Eingangshalle in die Arme gezogen. Sie war eine schlanke, groß gewachsene Dame jenseits der fünfzig und noch erstaunlich lebhaft für ihr Alter. Alexa hatte sich die Umarmung nur zu gern gefallen lassen und dann die großen Gemälde in den edlen Goldrahmen ebenso bewundert wie die Einlegearbeiten im Marmorboden und den schweren Kristalllüster in der Mitte der imposanten Halle. Insgeheim hatte sie sich gefragt, in welchem Palast sie da gelandet war.

„Ich freue mich so sehr über deine Gesellschaft", sagte die Großtante nun beim Frühstück und tätschelte ihr die Hand. „Wir werden viel Spaß miteinander haben. Sag, ist das nicht ein wunderschönes Anwesen?"

Dem konnte Alexa nur zustimmen. „Es ist geschmackvoll und gar nicht protzig, wie man es bei einem Haus dieser Größe erwarten könnte."

Die Ältere hatte an diesen offenen Worten nichts auszusetzen. „Ich genieße vor allem, dass die Kamine gut ziehen. In meinem Haus blühen Eisblumen am Fenster. Sharingham ist ein Schatz, dass er mich seit Jahren über die Weihnachtszeit hierherkommen lässt, während er das Fest bei Freunden verbringt."

„Der Earl ist dein Neffe?", wollte Alexa wissen.

„Der Neffe meines verstorbenen Gatten. Er ist wie ein Sohn für mich. Magst du noch etwas von der Rehpastete?"

„Ich verstehe nicht, warum ich seine Lordschaft noch nicht kennengelernt habe", überlegte Alexa, während sie beherzt zugriff. „Kommt er denn nie nach London?"

„Doch, selbstverständlich. Allerdings besucht er keine Orte, an denen sich Debütantinnen tummeln." Die Tante lachte auf. „Er sagt, er meide alles, was kichert oder in Ohnmacht fällt."

Alexa stimmte in das Lachen ein. „Damit hat er einen Abend auf Londoner Bällen vortrefflich beschrieben. Weiß der Earl von meinem Besuch?"

„Nein. Dazu kam die Bitte deiner Mutter zu kurzfristig. Außerdem kann ich ihn nicht erreichen, da er wegen einer Erbschaftsangelegenheit nach Essex hinaufmusste. Ich erwarte ihn nicht vor dem neuen Jahr zurück."

Auch die nächsten Stunden vergingen mit angenehmem Geplauder. Es war am späten Nachmittag, als sich ihre Ladyschaft plötzlich an den Kopf griff: „Wo sind nur meine Gedanken? Ich habe völlig vergessen, dir zu sagen, dass uns morgen der Höhepunkt des hiesigen Gesellschaftslebens bevorsteht! Wir werden den traditionellen Weihnachtsball besuchen." Sie hielt inne. „Du hast doch eine Ballrobe mitgebracht, meine Liebe, oder möchtest du dir eines meiner Kleider ausleihen?"

Alexa, die eben die Teetasse zum Mund geführt hatte, hätte sich vor Schreck beinahe verschluckt.

weiter. „Da er sein Geld gut investiert, hat er enormen Einfluss auf die unterschiedlichsten Unternehmen. Ich habe ihn um einen Gefallen gebeten, und sieh nur, so lautet seine Antwort!"

Er reichte Alexa das Blatt hinüber. Sie sah nur Buchstaben, deren Sinn sie nicht verstand. „Ist das so ein Rätsel wie das von Mrs Ashwater?", wollte sie wissen.

Da lachte er auf. „Nein, der Botschafter hat auf die traditionelle Weise seines Heimatlands geschrieben. Wenn du herausfindest, wie man den Brief liest, dann weißt du auch, wo dein Treffen mit Mr Shildon heute stattfindet."

Wo findet das Treffen statt?

1. AM JAPANISCHEN FRIEDHOF NAHE ROCHESTER
2. IM PALAST DES BOTSCHAFTERS
3. NIRGENDS, DA SHILDON VERZOGEN IST

I N T S F L N E S E R H
M G Ä F Ü D Z N S S L O C H
A S T R R O U D E I O C H V
V I E D N D I E S F S H V E
O G U A I Ü E H T S M H A R
L ! N S S R N E I A R E
L H D B T F S E I R R H
K O E L A E T I R R E
I C S A B N E H E I H R
Y H I T S ! R N I N R
O A N T O M W E N G T E
S C Y E F R E N E H E
H H O I O S I E G A R
I T R N R H S I R M E
H U K E T I E N O ! A

合掌
大使

Als Alexa, Ethel und der Earl am übernächsten Morgen wieder zu dritt am Frühstückstisch saßen, hatte sich der Himmel verzogen, es schneite und der Wind blies scharf von der Seite her.

„Bei solchen Wetterverhältnissen", sagte Sharingham, „gibt es für Kutschen kein Vorwärtskommen."

„Ich muss es dennoch versuchen", erklärte Alexa, die unruhig am Fenster stand. „Shildon will mich doch heute um vier Uhr sehen."

„Ist das denn noch notwendig?" Ethel blickte von ihrem Toast mit Orangenmarmelade auf. „Unsere Soiree war ein voller Erfolg. Wenn er jetzt noch deinen Namen enthüllen sollte, interessiert das doch keinen mehr."

Alexa stieß einen tiefen Seufzer aus. Ihre Freude, als schnellste auf den Buchstaben E als des Rätsels Lösung gekommen zu sein, war längst verpufft. „Das denke ich auch. Wir wissen allerdings nicht, was sich Shildon noch alles einfallen lässt, um mir oder meinem künftigen Schwager, dem Baron, zu schaden."

„Trotzdem, Liebes, iss ein paar Bissen!" Die Tante klopfte einladend auf die Sitzfläche neben sich. „Solange der Schneesturm wütet, kannst du das Haus nicht verlassen, und hungern macht es auch nicht besser."

Der Earl warf immer wieder prüfende Blicke zur Uhr am Kaminsims hinüber. Er atmete sichtlich auf, als der Butler mit dem Posttablett eintrat.

„Ein Bote ist trotz der widrigen Umstände zu uns durchgekommen, Mylord. Er hat dieses Schreiben gebracht und meinte, es sei dringend."

Der Earl las es schweigend und blickte dann lächelnd auf.

„Welch offensichtlich freudige Nachricht hast du da erhalten?", fragte Ethel neugierig.

„Ich habe vor drei Tagen drei Boten weggeschickt", erklärte er. „Der eine ritt zu meinem Freund Stewart nach Brighton, um mich zu entschuldigen und ihm mitzuteilen, dass ich Weihnachten lieber hier bei euch verbringe."

„Ach, wie schön!", rief die Tante aus. „Damit machst du uns eine große Freude, nicht wahr, Alexa?"

„Einen zweiten sandte ich nach London, da warte ich noch ungeduldig auf Antwort. Dies hier ist die Antwort auf meinen dritten Brief. Seine Excellenz, Mr Hima, oder Hima-sama, wie die Japaner sagen, hat mir tatsächlich meinen zweitgrößten Wunsch erfüllt."

„Mr Hima? Ist das nicht der japanische Botschafter, den wir letztes Jahr mit seiner entzückenden Frau getroffen haben? Verbringt er die Feiertage wieder in dem Palast, den sie von ihren Eltern geerbt hat?", wollte Ethel wissen.

Der Earl nickte und Alexa staunte. Sie hatte noch nie jemanden gekannt, der mit einem Botschafter bekannt war. Schon gar nicht mit einem aus einem derart fernen Land.

„Mr Hima ist vermögend wie Krösus", erklärte Sharingham

„Das Erste hätten Sie sich überlegen müssen, bevor Sie mich so freigiebig in Ihre Gedanken eingeweiht haben, Herzchen. Und das Zweite glaube ich Ihnen nicht." Er starrte ihr direkt in die Augen. „Wenn ich nicht bekomme, was ich brauche, erfährt ganz Rochester, wem der arme Mr Brews die bösartigen Bemerkungen zu verdanken hat, und ich verrate noch ein paar Ihrer kritischen Beobachtungen. Hier ...", er griff zu einem Stück Papier, „... haben Sie Datum und Uhrzeit, wann ich Sie das nächste Mal erwarte. Sie halten sich doch ohnehin für furchtbar schlau. Dann beweisen Sie es auch."

Er reichte ihr den Zettel über den Tisch hinweg und rief nach dem Sekretär. Alexa las im Hinausgehen:

Dieses Jahr ohne 28 und die Hälfte des laufenden Monats plus 2 ergibt den Tag im Dezember, 1/3 des Monats die Uhrzeit.

Wann soll Alexa wiederkommen?

1 AM 23.12. UM 4 UHR

2 AM 19.12. UM 3 UHR

3 AM 17.12. UM 4 UHR

1 **2** **3**

Mauritius ist eine Insel irgendwo im heißen Süden", rief Brackwood aus. „Dort scheint ohne Zweifel die Sonne!"

Daraufhin richtete der Großonkel einen fragenden Blick auf Sharingham. Der erbat sich Bedenkzeit und suchte in der Bibliothek nach einem Atlas. „Der Zeitunterschied beträgt vier Stunden", wusste er schließlich zu sagen. „Also ist es dort in 36 Stunden mitten in der Nacht. Die Sonne scheint daher nicht."

Während sich Brackwood über die schwierige Frage beschwerte, warf der Großonkel dem Earl den Ring zu, schickte seinen Kammerdiener los, um den Notar zu holen, und erklärte den beiden Neffen, sie sollten verschwinden und sich zu seinen Lebzeiten nie wieder blicken lassen. Das versprach Sharingham nur zu gern und ritt frohen Mutes von dannen. Er würde einmal im Gasthof übernachten, nach Hause reiten und dann zwei Tage später nach Brighton aufbrechen, um bei seinem Freund Stewart die Feiertage zu verbringen.

*

Am Freitagmorgen machte sich Alexa in Begleitung von Kitty auf den Weg. Tante Ethel war mit der Stickerei beschäftigt und hatte nichts dagegen einzuwenden, dass ihre Nichte die Kutsche nahm, um die Redaktion des *Rochester Chronicle* aufzusuchen. Als Kinder hatten sich die Schwestern oft verschlüsselte Botschaften zugesteckt, die die Gouvernante nicht verstehen sollte. Das war, wie Alexa nun seufzend dachte, bevor Constance der Erfolg ihrer ersten Saison zu Kopf gestiegen war und sie begonnen hatte, sich für etwas Besseres zu halten. Während also die älteren Ladys die kaputte Druckerpresse beanstandet hatten, hatte Alexa Mr Shildons versteckte Botschaft entschlüsselt und

in Gedanken bereits die fett gedruckten Buchstaben zusammengesetzt: Kommen Sie morgen zu mir, sonst verrate ich Ihren Namen.

Sie hätte sich ohrfeigen können. Warum war sie bloß so unvorsichtig gewesen, ihm ihr Herz auszuschütten? Mutter hatte ihr prophezeit, dass ihr Mundwerk sie einmal in große Schwierigkeiten bringen würde. Jetzt war es so weit! Alexa spürte, wie ihre Handflächen vor Aufregung feucht wurden. Gleichzeitig stieg aber auch Wut in ihr hoch. Wie kam der Mann dazu, sie zu bedrohen?

Schneller als ihr lieb war, erreichten sie den wuchtigen Backsteinbau. Ein Sekretär führte sie in den zweiten Stock und trug Kitty auf, vor der Bürotür zu warten.

„Sieh an, sieh an, die schöne Miss Windermere", lautete die spöttische Begrüßung, als Alexa durch die Tür in Mr Shildons Büro trat. Dieser machte sich, wie Alexa zähneknirschend feststellte, weder die Mühe, sich zu erheben, noch ihr einen Platz anzubieten.

„Sie ist doch ein wenig klüger als befürchtet. Dann wird sie auch so klug sein, meine nächsten Worte ernst zu nehmen. Ihre Schwester gedenkt sich mit Baron Dunblane zu verloben, wie mir zu Ohren gekommen ist. Ich mag ihn nicht. Erzählen Sie mir etwas, was ihm Schaden zufügt. Je schlüpfriger, je lieber."

„Das werde ich mit Sicherheit nicht tun!", wehrte sich Alexa entsetzt. „Sie können doch nicht von mir verlangen, dass ich das Glück meiner Schwester aufs Spiel setze! Außerdem weiß ich nichts Derartiges."

SKANDAL AUF DEM WEIHNACHTSBALL

von Keith ShildOn, Mitherausgeber

Was der Autor in letzter Zeit immer mehr beobachtet, sind junge Ladys, die sich dünken, eine freie Meinung haben zu dürfen. Was waren das doch noch für selige Zeiten, als Debütantinnen schwiegen, lächelten, Lieblichkeiten stammelten und das Denken denen überließen, die dafür von Gott ausgestattet wurden? Doch heutzutage? Was muss man da vernehmen? Es sprudelt wie ungezähmte Wasserläufe aus ihren Mündern. Auf dem Weihnachtsball traf ich eine, die erhob sich über die anderen Vertreterinnen ihres Geschlechts, indem sie sie offen als freche Wesen bezeichnete, die ihre Bösartigkeit hinter kichernden Fassaden versteckten. Nannte ein ehrenwertes Mitglied der Gesellschaft »gelber Langzahn«, der die Abstammung von seiner Mama mit Sicherheit bereute. Und fand den Weihnachtsball, unseren geliebten Höhepunkt des Jahres, langweilig und provinziell. Wo sind denn heutzutage die Duennas, deren Pflicht es wäre, solche Gören möglichst streng in die Schranken zu weisen?

Der Gentleman ließ sich nicht lange bitten. „Ich wurde diesmal zu einem Veteranen nach Chatham gerufen, meine Damen. Der wollte mir angeblich höchst brisante Informationen zukommen lassen. Als mich ein Diener ins Wohnzimmer führte, schlief der Mann im Lehnsessel. Seine Gemahlin erschien, konnte nicht fassen, dass ihr Mann schlief, und gab der Tür einen so festen Stoß, dass sie krachend ins Schloss fiel." Er schwieg kurz, um die Spannung zu erhöhen: „Sie werden es nicht glauben, Ladys, aber der Mann, der von seiner Zeit auf der HMS Victory unter Admiral Nelson geträumt hatte, hielt den Knall doch tatsächlich für einen Schuss. Er war so geschockt, dass er an Herzversagen starb."

„Um Himmels willen!", rief Heather.

„Der Arme! Und die arme Frau erst! Sicher macht sie sich die schlimmsten Vorwürfe!", meinte die Zweite.

„Das glaube ich tatsächlich nicht!", murmelte hingegen Alexa.

Der Kopf des Gentlemans ruckte zu ihr herum. Woran hatte sie erkannt, dass er gelogen hatte?

Woran hatte Alexa erkannt, dass Mr Shildon gelogen hatte?

❶ ADMIRAL NELSON WAR NIE AUF DER HMS VICTORY.

❷ EINE TÜR KANN NIE SO LAUT KNALLEN WIE EIN SCHUSS.

❸ MR SHILDON GAB VOR, MEHR ZU WISSEN, ALS ER WISSEN KONNTE.

❶ **❷** **❸**

Alexa stand am Rand des Ballsaals, sah den Paaren zu, die eine beschwingte, ländliche Tanzfolge absolvierten, und versuchte, sich durch ständiges Lächeln ihre Unsicherheit nicht anmerken zu lassen. Tante Ethel war längst zu den Spieltischen verschwunden. Als Anstandsdame ungeübt, hatte sie angenommen, ihre Pflicht sei damit erfüllt, ihren Gast allen Freundinnen vorzustellen, die sie wiederum mit ihren Töchtern und Enkelinnen bekannt machten. So lernte Alexa eine Kate kennen, eine Heather, eine Jane, dann noch eine Mary-Rose ... ach, sie hatte sich all die Namen nicht gemerkt. Da sie sich als einzige Fremde nicht wohlfühlte, waren die Floskeln, die sie tauschte, steif und unpersönlich. Die anderen gaben ihre halbherzigen Bemühungen, sie ins Gespräch zu ziehen, bald auf, und so stand sie nun allein da und strich sich verstohlen die Röcke glatt. Es hatte lange gedauert, bis die Zahl 153 den Koffer geöffnet hatte, und so war ihr Kleid, trotz Kittys Bemühungen, immer noch voller Falten. Da fiel Alexa ein gut aussehender Gentleman auf, der sich ebenso zu langweilen schien wie sie. Er hatte die dunklen Haare verwegen in die Stirn gebürstet. Seine Augen streiften durch den Saal.

„Meine Liebe, darf ich Ihnen meinen Sohn vorstellen, Mr Charles Brews?", meldete sich da eine Stimme zu ihrer Linken, und eine hagere Lady mit langen, gelben Zähnen stürzte auf sie zu. Der Mann in ihrem Schlepptau konnte seine Abstammung nicht verleugnen. Auch seine Zähne waren lang und gelb. Sein Lächeln galt jedoch nicht ihr, sondern Kate, die eben an ihnen vorbeitanzte.

„Das ist Miss Winford, die, wie ich eben erfuhr, die Schwägerin von Baron Dunblane werden wird!", erklärte seine Mutter.

Eine steife Begrüßung folgte. Mrs Brews hatte so laut gesprochen, dass der gut aussehende Fremde interessiert aufblickte. Doch es war Mr Brews, der sie um den nächsten Tanz bat. Da die Musiker eben eine Pause einlegten, schlossen sie sich den Paaren an, die im Kreis promenierten.

„Wer ist denn das an Brews' Seite?", hörte Alexa eine flüsternde Stimme hinter ihrem Rücken.

„Eine Miss Windermere oder so ähnlich. Anscheinend kommt sie aus London", antwortete eine andere.

„Ach, und darum trägt sie ihre Nase so hoch? Denkt sie, sie sei etwas Besseres?"

„Etwas Besseres als wir? Diese Prinzessin Knitterfee?"

Die beiden kicherten, und Alexa kniff die Lippen zusammen. Mama, Constance und jetzt diese Mädchen – sie hatte es so satt, von allen Seiten gerügt zu werden. Die Musik setzte ein.

Nach dem Tanz eilte ihr Partner zu Miss Kate, und Alexa kam neben dem gut aussehenden Unbekannten zum Stehen.

„Mr Shildon!", hörte sie da Heathers entzückten Ausruf, und auf einmal drängten sich auch die drei Freundinnen zu dem Unbekannten. „Sie sind wieder zurück in Rochester! Welches Abenteuer hatten Sie denn diesmal zu bestehen?"

„Ihr Leben ist so aufregend!", schwärmte eine der anderen.

„Spannen Sie uns nicht auf die Folter!", bettelte die Dritte.

Alexa spitzte die Ohren.

Wohin muss Alexa am nächsten Tag?

1. ZUM EARL OF SHARINGHAM
2. ZU BARON DUNBLANE
3. ZU EINEM MANN MIT DUNKLEN HAAREN

Der Donnerstag kam und mit ihm zwei aufgeregte Besucherinnen, die gegen zehn Uhr entschlossen an die Haustür klopften. Als der Butler sie ins Wohnzimmer führte, wedelte Mrs Ashwater mit einer Zeitung in der Luft herum, während Lady Odham, von den drei Stufen am Eingang erschöpft, „Hast du das gelesen?!" keuchte.

Ethel ging ihren Freundinnen entgegen. „Kommt doch erst einmal herein in die warme Stube und setzt euch." Sie wandte sich an den Diener und bat um Laudanumtropfen zur Beruhigung und das Teetablett. Alexa wünschte derweilen einen guten Morgen und knickste.

„Ach ja richtig, Sie sind auch da, Kind." Mrs Ashwater wandte sich ihr zu und reichte ihr zwei eiskalte Hände.

Lady Odham tat es ihr gleich und ließ sich dann auf die Chaiselongue plumpsen. „Ich hoffe, du hast Kekse im Haus, Ethel. Ich brauche stets Süßes, wenn ich mich aufrege."

„Selbstverständlich, der Butler ist schon unterwegs", antwortete die Gastgeberin. „Könntet ihr uns, während wir darauf warten, eine andere Frage beantworten? Worum handelt es sich eigentlich bei Cochenille?"

„Das sind Schildläuse, meine Gute, so unerfreulich das auch klingen mag", antwortete Lady Odham. „Doch was wären wir ohne Karmin, den hübschen, roten Farbstoff, der daraus gewonnen wird?"

„Vergesst doch die Läuse!", forderte Mrs Ashwater und breitete die Zeitung auf dem Sofatisch aus. „Das hier müsst ihr euch ansehen! Ich weiß ehrlich gesagt nicht, ob ich mich mehr darüber empören soll, dass dieser unsägliche Schreiberling Mädchen als hirnlose Wesen darstellt, oder darüber, dass es tatsächlich ein junges Ding gewagt hat, Charles Brews und seine arme Mutter zu beleidigen. Das haben die beiden wahrlich nicht verdient!"

Alexa hätte vor Schreck beinahe einen höchst undamenhaften Schrei ausgestoßen. Was hatte Mr Shildon getan? Sie beugte sich, wie die anderen auch, über den Zeitungsartikel, den Lady Odham zudem auch noch laut vorlas.

Alexa wurde zuerst rot, dann blass, dann drohte ihr Herz auszusetzen. Zu ihrem Glück kam der Tee, und die drei älteren Ladys beachteten sie nicht weiter, sondern ließen ihrer Entrüstung freien Lauf. Natürlich, so fanden sie, war es frech, solche Ungeheuerlichkeiten von sich zu geben. Aber wie kam ein einfacher Mr Shildon dazu, eine Dame von Stand als Göre zu bezeichnen? Wer sie wohl war? Was konnte sie am Weihnachtsball auszusetzen haben, den sie alle liebten? Und wie konnte sich ein eingebildeter Stutzer wie Shildon überhaupt erdreisten, derart kritische Urteile zu fällen? Für wen hielt er sich? Und was, um Himmels willen, war mit der Druckerpresse los, dass sie so unregelmäßige Zeilen zu Papier brachte?

In Alexa überschlugen sich die Gedanken. Mit einem bangen Gefühl in der Brust dachte sie daran, wen sie am kommenden Morgen aufsuchen musste.

„Besuch?", wiederholte der Earl. „Was hat wer gesagt? Können Sie mir endlich verraten, wer Sie sind, Miss?"

Tante Ethel beeilte sich, die beiden noch an Ort und Stelle einander vorzustellen, und fügte hinzu: „Da ich nicht mit deiner Rückkehr gerechnet hatte, lieber Neffe, habe ich Alexa über die Feiertage eingeladen. Sie ist meine Großnichte, musst du wissen. Ich hoffe, du hast nichts dagegen, dass …"

„Natürlich nicht", unterbrach er sie. „Allerdings bestehe ich darauf, zu erfahren, wen Sie da besucht haben und an wem Sie sich rächen wollen."

„Aber gern", Alexa zeigte ein unechtes Lächeln und machte eine kurze Pause, bevor sie weitersprach. „Ich bin heute mit meiner Zofe etwa zwei Meilen von hier in eine schmale Seitenstraße voller Backsteinbauten eingebogen. Im zweiten Stock auf Nummer neun traf ich auf einen Mann mit dunklem Haar. Sein Jackett war grün, seine Stimme tief und er ist in etwa sechs Fuß groß. Wenn Sie erraten, von wem die Rede ist, dann verrate ich Ihnen, worum es ging."

Sie machte kehrt und verschwand im Haus. Ihre Tante folgte schulterzuckend. Sharingham kam den beiden erst nach einigen Minuten ins Wohnzimmer nach. „Sie trafen Mr Shildon, Miss", verkündete er. „Und nun heraus mit der Sprache!"

Woher wusste Sharingham das?
Hat es damit zu tun, …

1 … WIE GUT ER SICH IN ROCHESTER AUSKANNTE?

2 … WER SEIN PFERD VERSORGTE?

3 … DASS SHILDON UND ER DEN GLEICHEN SCHNEIDER HATTEN?

Als der Earl of Sharingham am selben Nachmittag vor seinen eigenen Stallungen aus dem Sattel sprang, empfing ihn ein höchst unerwarteter Anblick. Eine junge Lady, die hübscheste, die er je gesehen hatte – und er hatte schon viele gesehen –, marschierte mit raschen Schritten und eingezogenem Kopf auf dem Vorplatz zwischen dem Stall und der Rückseite seines Hauses auf und ab. Sie tat dies an diesem Wintertag nicht nur ohne Hut, sondern auch ohne Anstandsdame. Beides erweckte erst recht sein Interesse. Andererseits, so sagte er sich, warum war sie hier? Wollte sie ihn einfangen und versteckte sich irgendwo eine schreckliche Mutter, die nur darauf wartete, ihm als Schwiegermutter das Leben zur Hölle zu machen? Wenn er das Mädchen nun ansprach, würde sie wahrscheinlich erröten und schüchtern irgendwelche banalen Floskeln stammeln. Oder aber ihm ermutigende Blicke unter gesenkten Lidern zuwerfen. Beides würde ihn schrecklich langweilen. Also beschloss er, sie nicht weiter zu beachten und sich nach dem Stallknecht umzusehen. Der war, wenn er die Geräusche, die aus dem Stall zu ihm herausdrangen, richtig beurteilte, soeben von einer Ausfahrt zurückgekommen und dabei, die Kutsche an ihren Platz zu bugsieren. Das würde dauern.

„Kann ich Ihnen helfen, Miss?", rief er also doch zu der Unbekannten hinüber.

Es war nur ein kurzer Blick, der ihn streifte: „Wohl kaum, Sir, es sei denn, Sie möchten sich an meinen Racheplänen beteiligen."

Das waren wahrlich nicht die Worte, die er erwartet hatte. „Wie bitte?", fragte er deshalb irritiert. „Rachepläne? Hat eine Rivalin etwa Ihren Hut in den Morast geworfen? Sind Sie deshalb ohne unterwegs?"

„Pah, Hut!", rief sie verächtlich.

Er kam näher. „Wem gilt dann Ihre Rache? Vielleicht kann ich Ihnen tatsächlich helfen."

Sie lachte bitter auf. „Nein, danke, Sir. Von Männern, die mich durch falsche Freundlichkeit dazu verleiten, mein Inneres nach außen zu kehren, und mir dann Schaden zufügen, habe ich genug. Sie können getrost Ihrer Wege gehen!"

Sollte sie damit gerechnet haben, dass er durch diese Abfuhr entmutigt wurde, so hatte sie das Gegenteil erreicht. Er spürte, dass er amüsiert, aber auch ein wenig irritiert war. Das war jedoch nichts, was er ihr verraten wollte. „Das würde ich ja gern tun", antwortete er stattdessen, „aber Sie versperren meinen Hintereingang."

Damit hatte nun er sie aus dem Konzept gebracht. „Oh du liebe Güte!" Schnell trat sie zur Seite. „Ich wusste nicht, dass wir Sie zurückerwarten, Mylord."

Er zog überrascht eine Augenbraue hoch. „Wer um Himmels willen sind Sie, dass Sie mich zurückerwarten hätten können?"

In diesem Moment ging die Hintertür auf und Tante Ethel stand im Türrahmen. „Ihr habt euch schon bekannt gemacht, wie schön! Kommt herein. Alexa, ich bin schon so gespannt, wie dein Besuch verlaufen ist. Was hat er gesagt?"

Verhalten. Kindliche Zurschaustellung von Gefühlen gehört nicht dazu."

„Dürfen wir Ihnen Tee anbieten?", wechselte Lady Winford das Thema.

Der weitere Nachmittag verging mit zähem Geplauder, das vor allem vom Baron bestritten wurde. Lady Winford stellte interessierte Fragen, Constance beschränkte sich darauf, lieblich zu lächeln, und Alexa bemühte sich, nicht allzu oft zu widersprechen oder mit den Augen zu rollen. Als das Geschirr abgeräumt wurde, war der Baron eben dabei, eine Einladung für die Weihnachtstage auf seinem Landsitz auszusprechen. „Es wird mir eine große Freude sein, Sie und meine Zukünftige in meinem komfortablen Landauer mitzunehmen, Mylady. Wir reisen am 6. Dezember ab."

„Und ich?", fragte Alexa. „Wann werde ich anreisen?"

Der Baron kniff die Augen zu schmalen Schlitzen zusammen. „Hier darf ich meinen Vater selig zitieren:

Wenn der Erde Himmelsbahn diejenige der Venus kreuzt und der Sonne warmer Strahl näher als des Mondes Licht ist, dann erwarte ich Sie um dreizehn Uhr."

„Wie überaus freundlich von Ihnen", flötete die Baronetess.

Wann soll Alexa anreisen?

1 IM JAHR 1816 TRAF DAS GENAU AUF DEN HEILIGEN ABEND ZU.

2 ZUR WINTERSONNENWENDE (21. DEZEMBER)

3 NIE, DENN DIESEN TAG GIBT ES NICHT.

1   **2**   **3**

Am nächsten Tag saßen Lady Winford und ihre Töchter wie aufgefädelt auf dem ausladenden, grünen Sofa und warteten auf einen ganz bestimmten Besucher. Baron Dunblane hatte sich angekündigt, um seiner Auserwählten die bewusste Frage zu stellen. Da der selige Lord Winford ein Baronet gewesen war und damit dem niederen Adel angehörte, war der Besuch eines hochadeligen Barons für die Familie eine besondere Ehre.

„Wie hast du eigentlich so schnell erraten, auf wen die Wahl deiner Schwester gefallen ist?", fragte die verwitwete Baronetess. „Man hätte doch annehmen können, dass sich so ein junges Ding für Schönheit oder Reichtum entscheidet."

„Nun", Alexa stand auf, um durch den Vorhangspalt einen Blick hinunter auf den Platz zu werfen, „so schön Allerford auch ist, Constance hat mir versichert, dass sie sich nicht von Äußerlichkeiten leiten ließ. Sie würde außerdem niemanden wählen, dessen Mutter du nicht magst. Schottland schloss sie aus, und Culbone ist zu klug. Wenn sich Constance bereits mir gegenüber manchmal dumm vorkommt – was wiederum mir dumm vorkommt –, wie klein und ungebildet muss sie sich erst neben so einer Geistesgröße fühlen. Also blieb nur der Baron."

„Sie fühlt sich dir gegenüber doch nicht klein und dumm", protestierte die Mutter. „Wie kannst du bloß so etwas behaupten?"

„Sie hat es mir selbst verraten, Mama. Oh, die Kutsche fährt vor!" Rasch nahm Alexa wieder Platz.

„Ich kann es gar nicht erwarten, dass ich endlich verheiratet bin, du eingebildete Kuh!", fuhr Constance sie an. „Dann ist es egal, ob du älter bist und mehr weißt. Du bleibst eine bloße Miss,

während ich eine Baronin sein werde. Wie werde ich es genießen, wenn du vor mir knicksen musst!"

„Hört sofort auf zu streiten!", forderte ihre Ladyschaft.

„Baron Dunblane, Mylady", verkündete der Butler.

Nach der Begrüßung fackelte seine Lordschaft nicht lange, trat vor Constance hin und ergriff ihre Rechte. „Ihr Vormund wird Sie über meine ernsthaften Absichten informiert haben", sagte er. „Die Einzelheiten des Ehekontrakts sind festgelegt. Darüber brauchen Sie sich nicht das hübsche Köpfchen zu zerbrechen. Daher ist es nur der guten Ordnung halber, dass ich nun auch Sie frage: Wollen Sie meine Gemahlin werden?"

„Ja, natürlich!", rief Constance, lächelte bezaubernd und klatschte in die Hände. „Mit dem größten Vergnügen!"

Kurz hatte es den Anschein, als wollte sie ihren Verlobten umarmen, doch da hatte er sie schon an den Oberarmen gepackt und von sich weggeschoben. „Ihre Begeisterung ehrt mich, meine Teuerste. Doch nun wollen wir uns wieder wie Erwachsene benehmen."

Alexa traute ihren Ohren nicht. Wie kam er bloß dazu, seine Braut derart in die Schranken zu weisen? „Mit Verlaub, Eure Lordschaft", entfuhr es ihr, „meine Schwester ist doch kein Kind mehr."

„Alexa!", rief ihre Mutter entsetzt, und Constance zwickte sie in den Po, was auch nicht eben ein Zeichen von Dankbarkeit war.

„Dann soll sie sich auch entsprechend benehmen", lautete die strenge Antwort. „Ich erwarte von meiner Gattin vorbildhaftes

Schon brach der große Tag an. Dienstboten wuselten noch ein letztes Mal durchs Haus, putzten hier, wischten da, sorgten für genügend Holz in den Kaminen und bestückten alle Leuchter und Lüster mit neuen Kerzen. Im Speisezimmer war festlich gedeckt. Neben Christrosen und Stechpalmenzweigen schmückten auch Äpfel die Tafelaufsätze in der Tischmitte. Das Silberbesteck glänzte und in den geschliffenen Kristallgläsern würde sich das Licht der unzähligen Kerzen brechen. Auf dem Klavier lagen Noten für fröhliche Tänze bereit. Die Teppiche im Musikzimmer waren eingerollt und die Sitzmöbel zur Seite geschoben worden, um den Tanzpaaren den nötigen Platz zu bieten. Noch vor Einbruch der Dunkelheit fuhren die ersten Wagen vor. Für den Heimweg hatte man Fackeln entlang der Auffahrt angebracht. Gemeinsam mit der schneebedeckten Landschaft, die die Nacht ebenfalls erhellte, sollten sie ein gefahrloses Nachhausekommen der Gäste sichern.

„Wie schön Sie es hier haben", rief Lady Odham, als sie an der Spitze der Neuankömmlinge mit wehenden Pfauenfedern am Turban das Wohnzimmer betrat. „Ich war vor Jahren einmal hier bei einer Veranstaltung Ihrer werten Mama zu Gast und freue mich, dass sich nichts verändert hat. Seht euch nur diese beeindruckenden Gemälde an!"

Die anderen stimmten ihr zu, und schnell war eine lebhafte Diskussion über Bilder und Maler im Gang und darüber, wie frevelhaft es von Mr Shildon gewesen sei, das Porträt, das Sir Thomas Lawrence erst kürzlich vom Prinzregenten angefertigt hatte, als allzu schmeichelhaft zu bezeichnen. Die Erwähnung des Zeitungsmannes bot Alexa die passende Gelegenheit, zu gestehen, dass sie es gewesen war, die sich kritisch über den Ball geäußert

hatte, und sich dafür zu entschuldigen. Sehr zu ihrer Freude richtete sich die Empörung der Gäste viel mehr gegen den Reporter als gegen sie. Und als der Butler gleich darauf zu Tisch bat, war Shildons bösartiger Artikel rasch vergessen.

Während des Essens beobachtete Alexa, von ihrem Platz links des Gastgebers aus, zufrieden die fröhlich plaudernde Gästeschar. Charles Brews und Kate waren wie gehofft in ein Gespräch vertieft, während die Aufmerksamkeit seiner Mama vom Zeremonienmeister in Beschlag genommen wurde. Tante Ethel am anderen Tischende unterhielt sich köstlich mit Mr Ashwater, und die jungen Damen waren von den Freunden seiner Lordschaft offensichtlich hingerissen. Alexa nickte zufrieden. Da wandte sich der Earl zu ihr um und flüsterte: „Der Abend scheint ein voller Erfolg zu werden, meine Liebe. Herzlichen Glückwunsch!"

Wie sich die beiden daraufhin anlächelten, blieb kaum jemandem am Tisch verborgen. Als der Nachtisch verspeist war, zogen sich die Damen ins Musikzimmer zurück, um die Herren dem Portwein zu überlassen. Der Earl drängte allerdings bereits nach kurzer Zeit darauf, sich den Ladys wieder anzuschließen. Er konnte es kaum erwarten, Alexa aufs Tanzparkett zu führen.

Doch diesem Ansinnen schob die energische Lady Odham einen Riegel vor. „Zuerst wird gesungen! Weihnachten ist das Fest der Lieder, und meine Enkelinnen sind wahre Meisterinnen am Klavier. Außerdem hat sich Mrs Ashbourne ein Spiel dazu ausgedacht!"

„Ein Spiel?" Der Earl runzelte die Stirn.

„Ein Spiel!", rief eine der jungen Ladys begeistert.

„Es passt gut zur Jahreszeit", erklärte Mrs Ashwater. Rasch verteilte sie Papierbögen, auf die sie fein säuberlich Buchstaben geschrieben hatte. „Wir werden die beliebten drei Lieder ‚God Rest You Merry, Gentlemen', ‚A Virgin Most Pure' und ‚O Come, All Ye Faithful' singen. Ich habe jedes Wort dieser Titel in die Kästchen hier eingetragen. Man kann sie in jeder Richtung lesen, auch rückwärts und diagonal. Ein Wort fehlt allerdings. Wer als Erstes herausfindet, wie viele Buchstaben dieses Wort hat, der darf ..."

„... bestimmen, was als Nächstes auf dem Programm steht", vervollständigte der Earl ihren Satz.

Das fehlende Wort hat ...

---

❶ ... FÜNF BUCHSTABEN.

❷ ... SIEBEN BUCHSTABEN.

❸ ... ACHT BUCHSTABEN.

❶ ❷ ❸

„Sind Sie von allen guten Geistern verlassen?", empörte sich Miss Heather und bedachte Alexa mit einem vorwurfsvollen Blick. „Wie können Sie es wagen, die Worte eines Mannes anzuzweifeln?!"

„Sie wissen wohl nicht, mit wem Sie es hier zu tun haben", keifte Mary-Rose.

„Das weiß ich allerdings nicht", gab Alexa zu. „Ich entschuldige mich auch dafür, ungewollt Zeugin Ihrer Unterhaltung geworden zu sein. Aber wie will Mr ..., also der Gentleman hier, wissen, was der Veteran geträumt hat, wenn der verstarb, bevor er es ihm erzählen hätte können?"

„Sieh an, sieh an, ein kluges Köpfchen", murmelte Shildon. Laut sagte er: „Wer ist diese junge Lady? Wollen Sie uns nicht miteinander bekannt machen, Miss Ludham?"

Es war unverkennbar, dass Miss Heather Ludham alles andere wollte als das.

„Miss Windermere", sagte sie dennoch folgsam, „darf ich Ihnen Mr Shildon vorstellen, den Heraus..."

„Windermere?", fiel ihr der Gentleman ins Wort. „Was für ein bemerkenswerter Name! Kommen Ihre Vorfahren aus der gleichnamigen Stadt im wunderschönen Seengebiet?"

„Wohl kaum." Alexa reichte ihm die Hand zum Gruß. „Mein Name ist Winford. Miss Alexa Winford. Kein See weit und breit."

Das Lächeln auf Shildons Lippen vertiefte sich. „Darf ich um den nächsten Tanz bitten, Miss Kein-See-weit-und-breit?"

„Sehr gern." Alexa lächelte und bemerkte mit nicht allzu geringer Genugtuung die Blicke der anderen.

„Da ich sonst nie tanze, ist das etwas Besonderes. Sie haben sich soeben drei Feindinnen gemacht. Ist Ihnen das bewusst?", hörte sie ihn fragen, als sie sich auf den Weg zur Tanzfläche machten.

„Oh, habe ich das?", lautete ihr trockener Kommentar. „Ich denke nicht, dass ich den anderen wichtig genug bin, sich mit mir zu befassen. Es interessiert sie höchstens mein Kleid. Sie scharwenzeln lieber um einen Gentleman herum, der ihnen Märchen auftischt, und beneiden ihn um sein bewegtes Leben."

Nun lachte er auf. „Das ist ganz schön keck und kritisch!"

„Diese Rüge könnte von meiner Mama stammen!", entgegnete sie, durch sein Lachen ermutigt.

„Autsch!" Er griff sich ans Herz. „Von einer jungen Dame mit der eigenen Mutter verglichen zu werden, schmerzt. Doch nun erzählen Sie: Was haben Sie heute Abend noch für Beobachtungen gemacht? Was halten Sie von unserer Gesellschaft hier?"

Diese Fragen ließ sich Alexa nicht zweimal stellen. Es tat so gut, endlich einmal nach der eigenen Meinung gefragt zu werden und auf interessierte Ohren zu stoßen. Nach dem Tanz landeten sie nebeneinander auf einer Bank in einer stillen Ecke in der angrenzenden Bibliothek. Es waren genügend Leute ringsherum, sodass an diesem Verhalten nichts auszusetzen war. Mr Shildon stellte eine interessierte Frage nach der anderen und amüsierte sich anscheinend so sehr über ihre Antworten, dass sie jede Vorsicht fallen ließ.

„Da bist du ja, Kindchen!", rief Ethel schließlich, und Alexa beeilte sich, ihr ihren neuen Bekannten vorzustellen.

„Wir laden am Donnerstag zu einer kleinen Kartenrunde ein", verkündete die Tante. „Dürfen wir Ihnen eine Einladungskarte schicken und mit Ihrem Kommen rechnen?"

Shildon schwieg kurz. „Sagen wir es so, Mylady", antwortete er schließlich, „ich werde am Donnerstag nicht persönlich erscheinen, und doch wird es sein, als wäre ich da. Meine Worte werden sich aus einzelnen Buchstaben ergeben und dennoch verständlich sein. Sie werden von mir hören, aber ich werde nicht sprechen, und Sie werden froh sein, dass ich nicht gekommen bin." Er verbeugte sich und verließ grußlos den Ballsaal.

„Was für ein seltsamer Mensch", urteilte die Tante verwirrt. „Was mag er bloß gemeint haben?

Shildon meinte, dass er ...

❶ ... EIN FERNÖSTLICHES TRAINING BESUCHEN WIRD, UM SEIN STOTTERN ZU HEILEN.

❷ ... MIT EINEM ZEITUNGSARTIKEL ROCHESTER IN AUFREGUNG VERSETZEN WIRD.

❸ ... DURCH EIN FENSTER MIT IHNEN KOMMUNIZIEREN WIRD.

❶ ❷ ❸

An eben jenem Tag als Alexa und Ethel Pläne für Weihnachten schmiedeten, ritt der Earl of Sharingham in den Innenhof der Poststation von Chelmsford ein und betrachtete prüfend die Fassade.

Na, dachte er, der alte Kauz hat zumindest eine annehmbare Unterkunft für die Nacht ausgewählt, wenn er mich schon quer durchs Land reiten lässt.

Ein Stallbursche kam herbeigeeilt und übernahm die Zügel. Seine Lordschaft folgte ihm, um sich zu vergewissern, dass sein Hengst gut versorgt wurde.

„Ich stelle Ihren Braunen in die Koppel neben den Wallach von Mr Brackwood", informierte ihn der Bursche. Sharingham zog eine Augenbraue hoch, da diese Worte so klangen, als müsste er wissen, wer Mr Brackwood war. Doch das war nicht der Fall.

„Sie haben selbstverständlich mein bestes Extrazimmer", verkündete der Wirt kurze Zeit später. „Mr Brackwood wartet dort bereits seit einer Stunde auf Sie."

Sharingham beschloss, dass der Unbekannte ruhig noch einige Zeit länger auf ihn warten konnte, und begab sich auf sein Zimmer, um sich frisch zu machen. Eine Stunde später traf er im separaten Gastraum auf einen modischen Stutzer, der aufsprang, um ihn angemessen zu begrüßen.

„Ist das nicht typisch für den alten Zausel?", fragte dieser dann. „Zuerst befiehlt er uns, hier zum Abendessen zu erscheinen, sagt nicht, worum es geht, und dann kreuzt er nicht auf."

„Ich nehme an, Sie sprechen von Baron Chignal, dem Bruder meiner Großmutter mütterlicherseits?", antwortete Sharingham, der den unerwarteten Impuls verspürte, seinen Großonkel verteidigen zu wollen. „Mir ließ er mitteilen, es würde sich um eine Erbangelegenheit handeln und er sei bereits bettlägerig. Sie hat man mit keinem Wort erwähnt."

„Bettlägerig?", wiederholte der andere. „Na, dann wird es hoffentlich nicht mehr lange dauern, bis er abkratzt. Ich bin der Enkel seiner zweiten Schwester und muss sagen, ich habe ihn nie leiden können. Sie etwa?"

„Ich habe ihn nie kennengelernt", lautete die Antwort. „Großmutter hat sich mit ihm überworfen, lange vor meiner Geburt. Sie hat mir auch nie etwas von einer Schwester erzählt."

„Verwandtschaft!", rief Mr Brackwood aus. „Man kann sie sich nicht aussuchen, man muss sie auch nicht mögen, aber zumindest kann man hoffen, etwas von ihr zu erben."

Ein Diener trat ein und stellte dampfende Schüsseln auf den Tisch, aus denen es verlockend duftete. Der Wirt folgte mit einem Krug Ale und einem Brief. „Der wurde soeben für Sie beide abgegeben, meine Herren."

Sharingham brach das Siegel. „Großneffen!", las er laut vor, während sich sein Begleiter ein dickes Stück vom Braten absäbelte. „Mein Leben geht zu Ende und es wird bereits kalt in meinen Knochen. Ich habe nie geheiratet und daher keinen Sohn, was ich erst jetzt bitter bereue. Mein Titel fällt an die Krone zurück, und ich will verdammt sein, wenn ich dies auch bei meinem Vermögen zuließe. Ihr beide seid meine nächsten Verwandten."

„Das heißt, wir teilen uns den Plunder", warf Brackwood kauend ein. „Sie können den Landsitz haben, ich nehme das Geld."

„Nicht so schnell!" Sharingham las weiter vor. „Ich will mein Erbe keinesfalls teilen, sondern alles dem Klügeren von euch beiden vermachen. Kommt morgen pünktlich zur Mittagsstunde in mein Schlafgemach. Der, dessen Pferd als zweites auf meinem Anwesen eintrifft, soll mein ganzes Hab und Gut bekommen."

Dann war es kurz ruhig im Extrazimmer, und Sharingham legte sich nachdenklich eine Portion Fleisch und Gemüse auf den Teller. „Ich werde gegen neun Uhr aufbrechen", verkündete er schließlich. „Treffen wir uns im Stall?"

Brackwood lachte auf: „Sicher nicht! Von hier aus sind es kaum fünfzehn Meilen bis zu unserem Ziel. Warum soll ich mich beeilen, wenn der Zweite alles bekommt? Reiten Sie ruhig vor, ich stehe spät auf und mache mir einen gemütlichen Vormittag, bevor ich mich zum Haus des Alten begebe."

Sheringham nickte und widmete sich wieder seinem Abendessen. Er wusste nun, dass ihm das Erbe sicher war.

Warum?

❶ WEIL BRACKWOOD EIN DENKFEHLER UNTERLAUFEN WAR.

❷ WEIL DEM ALTEN ONKEL EIN DENKFEHLER UNTERLAUFEN WAR.

❸ ER WAR FÄLSCHLICHERWEISE ZUVERSICHTLICH, WEIL IHM SELBST EIN DENKFEHLER UNTERLAUFEN WAR.

❶　　❷　　❸

Am nächsten Nachmittag saßen sie zu dritt vor dem prasselnden Kaminfeuer, tranken Tee und knabberten an Haferkeksen. Mit gespitzter Feder und freundlichen Worten verfassten sie dabei den Text für die Karten, die zu ihrer Soiree einluden. Anschließend wurden Boten mit dem Auftrag losgeschickt, diese nicht nur abzuliefern, sondern auch auf Antworten zu warten. Alexa, Ethel und der Earl erzählten sich derweilen Anekdoten über ihre bisherigen Weihnachtsfeste und überlegten, welchen Schmuck sie im Haus anbringen wollten.

„Die Girlande aus Eibenzweigen, die du vorgeschlagen hast, Liebes, sollten wir nicht nur rund um die weiße Flügeltür hier anbringen, sondern auch über dem Kamin. Und vielleicht auch noch mit Stechpalmen schmücken." Ethel wandte sich an den Earl. „Du hast doch nichts dagegen?"

Sharingham war viel zu gerührt über ihren Eifer, als dass er ihr etwas abschlagen wollte.

„Weiße Christrosen würden hübsch dazu aussehen", befand Alexa.

„Wir brauchen zudem ein Julscheit für den Kamin", trug der Earl zur Unterhaltung bei. „Seit ich alt genug war, durfte ich meinen Vater stets in den Wald begleiten, um den richtigen Baumstamm auszusuchen. Das zählt zu meinen schönsten Erinnerungen an Weihnachten."

Alexa klatschte in die Hände. „Dann sollten wir das auch dieses Jahr tun! Der Butler hat Schnee angekündigt, aber noch scheint die Sonne. Wollen wir uns umgehend auf den Weg machen?"

„Ich lasse anspannen", war der Earl sofort einverstanden. „Zwei starke Burschen sollen uns begleiten, um den Stamm in den Wagen zu heben."

„Geht ohne mich", bat die Tante. „Kälte ist nichts für meine alten Knochen. Ich scheuche in der Zwischenzeit den Hausdiener mit dem Maßband durch die Räume."

Sharingham lachte auf und hätte sie am liebsten umarmt. Es konnte keine bessere Tante und keine schlechtere Anstandsdame geben!

Eine halbe Stunde später saßen Alexa und Sharingham im Pferdeschlitten und glitten durch den weißen Winterwald. Da die Burschen am Kutschbock schwiegen, hörten sie nur das leise Klingen der Glocken am Zaumzeug der Pferde. Sie hatten sich in dicke Decken gehüllt und waren nah aneinandergerückt, um sich gegenseitig zu wärmen. Es war das Romantischste, das Alexa je erlebt hatte, und so spürte sie einen Hauch von Enttäuschung, als der Schlitten anhielt.

„Hier sind einige passende Stämme, Mylord. Wenn Sie sich die ansehen möchten."

Der Earl stieg aus und reichte Alexa beide Hände. Sie sprang ihm so vertrauensvoll entgegen, dass sie an seiner breiten Brust landete. Da war das Lächeln, mit dem er sie bedachte, so warm, dass sie kurz die Kälte vergaß. Hand in Hand gingen sie zu den Stämmen hinüber, wo der Earl seine Auswahl mit Kennerblick traf, und die Burschen hoben das große, schwere Holz auf den Schlitten. Daneben gab es jetzt nur noch Platz für eine Person.

„Wenn es Ihnen recht ist", meinte Alexa, „dann sollen die Burschen vorausfahren. Ich begleite Sie gern zu Fuß zurück."

So kam es, dass sie zu zweit durch den Winterwald spazierten. Es hatte wieder leicht zu schneien begonnen und ringsherum herrschte friedliche Stille. Im sicheren Wissen, dass sie keine Menschenseele ertappen würde, um sich moralisch zu entrüsten, hatte der Earl den Arm um Alexas Schulter gelegt. Kurz bevor sie den Wald verließen, beugte er sich vor und küsste sie auf die Nasenspitze. „Sie sind hinreißend", flüsterte er. Alexa sah selig lächelnd zu ihm auf.

Als sie wieder im warmen Wohnzimmer saßen und an einem Grog mit einem ordentlichen Schuss Rum nippten, verkündete die Tante die freudige Nachricht, dass alle Eingeladenen ihr Kommen zugesagt hatten. Wer ließ sich auch einen Abend auf Sharingham Manor entgehen? Noch dazu, da in den letzten Jahren niemand zu dieser Ehre gekommen war. Da siegte schon allein die Neugierde.

„Tom hat alles abgemessen", verkündete die Tante dann. „Der Kaminsims misst 2,79 Yards, der Türstock ist 2,73 Yards hoch und 1,75 breit. Ein Stechpalmenzweig ist im Durchschnitt 1 Fuß lang. Wenn ich diese Zweige der Länge nach, einen nach dem anderen, auf der Girlande befestigen will, wie viele Zweige benötige ich dann?"

Tante Ethel braucht mindestens …

1   … 18 STECHPALMENZWEIGE.

2   … 24 STECHPALMENZWEIGE.

3   … 30 STECHPALMENZWEIGE.

1   **2**   **3**

Alexa konnte ihn zuerst nur entgeistert anstarren. „Ich muss gestehen, dass ich in höchstem Maße beeindruckt bin", gab sie schließlich zu. „Wie haben Sie das so schnell herausgefunden, Mylord?"

Er machte eine wegwerfende Handbewegung. „Das war nicht weiter schwierig. Ich brauchte bloß meinen Kutscher zu fragen, wohin er Sie gebracht hat, und schon bekam ich meine Antwort. Doch nun heraus mit der Sprache, Miss: Was hatten Sie bei Mr Shildon zu tun? Ist das nicht einer der Herausgeber des *Rochester Chronicle*?"

Der Earl of Sharingham war ein gut aussehender Gentleman von 28 Jahren, mit kurzen, braunen Locken und dunklen Augen, die je nach Situation warm, aber auch überraschend kalt blicken konnten, und einer hoch gewachsenen, athletischen Figur. Er lenkte die Pferde mit so viel Geschick, dass man ihn als Mitglied im renommierten Four-Horses-Club aufgenommen hatte, und man zählte ihn zu den tonangebenden Dandys der Hauptstadt. Nach einem Kutschenunfall seiner Eltern vor sechs Jahren hatte er das Erbe angetreten und erfüllte die Pflichten als Gutsherr und Mitglied des Oberhauses mit Bravour. Er war ein loyaler Freund, ein gern gesehener Gast und ein begehrter Kandidat auf dem Heiratsmarkt. Sharingham glaubte an Gott, König und Vaterland und die Privilegien des Adels. An Liebe auf den ersten Blick hatte er jedoch noch nie geglaubt. Bis zu diesem Tag. Denn als er jetzt der schönen, jungen Lady zusah, die ihr nachdenkliches Auf-und-ab-Gehen im Salon wieder aufgenommen hatte, da war es, als würde sie sein Herz berühren. Als sie dann auch noch ihre Gedanken mit ihm teilte, war es endgültig um ihn geschehen.

„Ich war dumm", sagte sie, „einsam und naiv und fühlte mich nicht nur von meiner eigenen kleinen Schwester ungerecht behandelt, sondern auch von den fremden jungen Ladys auf dem Weihnachtsball. Wie heißt es so schön? Im Nachhinein ist man immer klüger. Inzwischen weiß ich, dass es Selbstmitleid war, durch das ich mich dazu hinreißen ließ, Dinge zu sagen, die ich jetzt bereue."

In knappen Worten, aber schonungslos gegen sich selbst, schilderte sie die Gespräche mit Shildon auf dem Ball und später in der Redaktion. Tante Ethel stand auf und legte ihrem Neffen den Zeitungsartikel vor die Nase. „Sieh selbst, mein Lieber! Alexa ist wirklich schlau. Mir wäre die Botschaft, die die seltsamen, fettgedruckten Buchstaben ergeben, völlig entgangen."

Der Earl las und zog die Stirn in Falten. „Der Mann will Sie also erpressen", fasste er schließlich zusammen und erwartete im Stillen, dass sie ihn anflehen würde, diesen Shildon zu bestechen. Geld war für viele das Allheilmittel. Doch sie überraschte ihn schon wieder.

„Ja", bestätigte sie nämlich, „aber das werde ich nicht zulassen."

„Nein?", er hob eine Augenbraue. „Wissen Sie denn etwas über Dunblane, was für die Zeitung von Interesse sein könnte?"

„Wenn ich wollte, könnte ich so manches herausfinden", antwortete sie, wohl wissend, dass Kitty die beste Freundin von Constances Zofe war. Während er erschrocken überlegte, ob er seine gute Meinung über sie so schnell wieder ändern würde müssen, beruhigte sie ihn: „Aber darum geht es nicht. Ich würde nie etwas tun, was meiner Schwester schadet, mag sie sich derzeit noch so oft aufspielen, als wäre sie die Kronprinzessin persönlich."

Sie zog eine arrogante Miene, die der von Constance ähnelte, und wedelte selbstgefällig mit einem nicht vorhandenen Fächer. Das brachte ihn zum Lächeln. Einem Lächeln, in das sie nur zu gern einstimmte. Tante Ethel bemerkte es mit Entzücken.

„Außerdem", setzte Alexa fort und wurde wieder ernst, „wer sagt mir denn, dass Shildon Ruhe geben würde, wenn ich ihm das Gewünschte brächte? Sicher wird er weiterhin versuchen, mich zu erpressen."

„Da haben Sie recht", gab der Earl unumwunden zu. Sie hatte sich dumm und naiv genannt. Für ihn war sie weder das eine noch das andere. „Was werden Sie demnach tun?"

„Mein verstorbener Papa hat mir zwei Weisheiten auf den Lebensweg mitgegeben", lautete ihre Antwort. „Mich daran zu halten, hat mich schon vor so manchem Schaden bewahrt." Sie griff zu ihrem Retikül und zog ein zusammengefaltetes Blatt Papier heraus. „Da, lesen Sie selbst! Aber aufpassen, die Buchstaben der beiden Sprüche sind ineinander verwoben."

Hier ist die Rede von ...

❶ ... SICHERHEIT UND GEGNER.

❷ ... WIND UND WAFFE.

❸ ... TIGER UND AFFEN.

Als Alexa ins Bett schlüpfte, wusste sie, dass sie zum ersten Mal seit dem Weihnachtsball wieder gut schlafen würde, denn sie hatte eine Lösung gefunden, den Klauen ihres Erpressers zu entkommen. Wie hatte sie sich nur von Shildon einfangen lassen können? Hatte sie ihn wirklich für freundlich und mitfühlend gehalten? Es war der Earl, auf den diese Eigenschaften zutrafen, aber dessen Worte und Blicke hatten mit denen des Zeitungsmannes nicht das Geringste zu tun. Sie waren ehrlich und aufrecht und ... unglaublich aufregend.

*

Am nächsten Tag war das Haus voller fröhlicher Betriebsamkeit. Ethel und Alexa schmiedeten Pläne für die Soiree, an denen sich der Earl, sehr zur Überraschung aller, lebhaft beteiligte. Sharingham war zwar ein gern gesehener Gast in der hochadeligen Gesellschaft, da er jedoch Junggeselle war, hatte er – wenn man von den Kartenrunden mit seinen Freunden absah – nie selbst zu einer Veranstaltung geladen. Als seine Eltern noch lebten, war das Haus ein beliebter Treffpunkt des Adels gewesen. Die Räume, so erinnerte er sich, waren mit Lachen und Musik gefüllt gewesen, und nicht so still und einsam wie in den letzten Jahren. Mit einem Schlag konnte er die Soiree gar nicht mehr erwarten. Ob man wohl bei so einem Vorweihnachtsfest tanzen durfte? Er hatte gute Lust, sich mit Alexa im Walzertakt zu drehen. Alexa! Sie war so reizend! Nicht nur hübsch, sondern auch mutig. Sie brachte ihn zum Staunen und zum Lachen, was bisher noch keiner Lady gelungen war. Und sie hatte ein gutes Herz, wie sich soeben herausstellte.

„Was werden wir den armen Frauen geben, die bei ihrem Rundgang, dem Thomasing, an unsere Tür klopfen?", wollte sie wissen. „Mama lässt stets Getreide und Äpfel vorbereiten, damit die Armen etwas Nahrhaftes zu essen haben."

„Dann sollten wir das auch tun", beschloss er, ohne nachzudenken. „Ich werde für jede Frau noch ein Geldstück dazulegen."

Das Strahlen, mit dem ihn Alexa darauf bedachte, machte ihn so glücklich, dass er gern noch mehr Münzen gespendet hätte, nur um es wieder zu erleben.

„Lasst uns die Gästeliste erstellen", hörte er die Tante sagen. „Wen alles willst du dir gewogen machen, Liebes? Mrs Brews natürlich und ihren Sohn ..."

„Er hat ein Faible für Miss Kate, also sollten wir auch sie einladen", sagte Alexa. „Setzen wir am besten auch Mary-Rose und Heather auf die Liste. Die drei waren zwar alles andere als nett zu mir, aber wenn wir sie übergehen, werden sie sich erst recht das Maul über mich zerreißen."

Der Earl blickte gespannt zu seiner Tante, in Erwartung, sie würde Alexa für diese offene Ausdrucksweise schelten. Doch die legte noch eins drauf: „Wenn die drei unmöglichen Frauenzimmer kommen, dann dürfen wir die Enkelinnen meiner Freundin Odham, die Zwillinge Jane und Lucy, nicht vergessen. Das heißt also, dass wir zu den sechs jungen und mit meinen Freundinnen vier ... na ja, sagen wir mal ... weniger jungen Damen auch zehn passende Gentlemen brauchen."

Sharingham riss überrascht die Augen auf und sah seine Vision einer kleinen Soiree schwinden. Doch er beklagte sich nicht. Für ihn stand fest: Er würde Alexa mit allem, was in seiner Macht stand, unterstützen. Auf ein paar Gäste mehr oder weniger kam es nun wirklich nicht an.

„Neben den Gatten meiner Freundinnen und Charles Brews sollten wir auch Mr Whimple zu uns bitten, der den Weihnachtsball jedes Jahr organisiert und auch den Zeremonienmeister gegeben hat", schlug die Tante vor.

„Ich werde für die restlichen männlichen Gäste sorgen", versprach der Earl. „Die Anwesenheit meiner Freunde sollte die jungen Ladys zufriedenstellen."

Wieder wurde er mit einem strahlenden Lächeln von Alexa belohnt.

„Lady Odham ist die Ranghöchste und damit Ihre Tischherrin. Da wir Jungen alle gleichrangig sind, sollte vielleicht die Älteste von uns links neben Ihnen sitzen", überlegte Alexa. „Weißt du, wer das ist, Tante Ethel?"

„Nun", antwortete diese, „Jane ist sicher älter als Mary-Rose, die wiederum älter als Kate ist. Kate scheint mir jünger als du, aber älter als Heather zu sein. Und ich denke, du bist etwas älter als Jane." Sie vergaß völlig, Lucy zu erwähnen.

Weiß man trotzdem, wer bei Tisch zur Linken des Earls sitzen wird?

① JA, KATE

② JA, JANE

③ JA, ALEXA

ehr geehrter Mr. Stewart,

hochgeschätzter Freund!

Wie gern würde ich auch in diesem Jahr Ihre

Einladung annehmen in Ihrem Anwesen in

Brighton die ...iertage zu verbringen ...ch meine

Verwandtsch...

Anwesenheit ...

Ich danke Ihn...

ich stets in Ihrem...

meine allerbesten ...

natürlich auch an...

wieder an Ihrem Ti...

Sie haben...

---

hochverehrte Lordschaft,

den Viscount of Cheldon London Mayfair!

Es ist mir eine große Freude, Ihnen mitteilen zu können

dass Ihre Nichte Miss Alexa Winford derzeit unter der

Ägid... Rochester ...Wendover auf meinem Landsitz in

...i dürfen ...ubnis, ihr den Hof machen

Anwal... ...haft und ich werde meinen

...es Ehevertrags

...sprechen

...ung

Einladung zur weihnachtlichen Soirée

Hochverehrte Exzellenz

da ich vernommen habe, dass Sie derzeit wieder in unserer

schönen Stadt weilen, erlaube ich mir, Sie um einen Gefallen

zu bitten. Ein gewisser Mr. Skelton, der als Herausgeber

des Rochester Chronicle fungiert, erkundigt sich, dann das

meiner Familie zu ... Bitte ... Hinweismann

machen Sie Ihren Einfluss geltend, damit das

Am nächsten Morgen zog sich der Earl in sein Arbeitszimmer zurück, um drei Briefe zu schreiben. Der eine war längst überfällig, der zweite dringend, und um den dritten mit Fug und Recht schreiben zu können, hätte er vielleicht noch ein wenig mehr Zeit ins Land gehen lassen sollen. Und doch war er sich sicher, nicht voreilig zu handeln.

Alexa war in der Zwischenzeit mit Feuereifer dabei, Tante Ethel zu helfen, die Stechpalmenzweige auf die beiden Eibengirlanden zu binden. Sie hatten einige Zeit dafür gebraucht, die richtige Anzahl von 30 Stück herauszufinden, da sie anfangs übersehen hatten, dass ein Yard aus drei Fuß besteht. Die Haushälterin versorgte sie vorsorglich mit groben Lederhandschuhen, sodass ihre Finger unversehrt blieben, während sie die stacheligen Zweige befestigten.

„Die roten Schleifen sehen wunderschön aus, Tante Ethel", meinte Alexa begeistert, während die Ältere überlegte, ob man wohl auch noch einige blaue Bänder dazwischenbinden sollte. „Rot und Blau und dazu noch die weißen Christrosen, das sind genau die Farben unseres geliebten Königreichs. Ich finde, ein wenig Patriotismus kann auch zur Weihnachtszeit gar nicht schaden."

Dem konnte Alexa nur zustimmen. Da fiel ihr Blick auf den großen Baumstamm im Kamin, der darauf wartete, den Raum über die Weihnachtstage warmzuhalten. Ihn zu sehen und an den kleinen Kuss zu denken, den ihr der Earl auf die Nase gedrückt hatte, war eins. Er hatte sie hinreißend genannt. Oh ja, dieses Kompliment konnte sie von Herzen zurückgeben. Obwohl, so dachte sie, war „hinreißend" eigentlich eine Eigenschaft, mit der

Gentlemen gern bezeichnet wurden? Wahrscheinlich bevorzugten sie „stattlich". Oder „schneidig"? Oder „tonangebend"?

„Wo bist du bloß mit deinen Gedanken, Liebes?", wollte die Tante wissen. „Da spreche ich von blauen Bändern und du errötest."

„Ich habe an unsere Soiree gedacht", flunkerte die Großnichte. „Welches Programm planst du denn nach dem Dinner?"

„Nun, mit Scharaden lässt sich die Zeit vortrefflich vertreiben", antwortete die Tante, „und sicher spielt eine der Damen ganz passabel das Pianoforte."

„Diese Aufgabe kann ich übernehmen", machte sich Alexa erbötig.

„Dann werden wir noch eine zweite Klavierspielerin brauchen", meldete sich der Earl von der Tür her, „denn ich beabsichtige zu tanzen. Wollen Sie mir die Ehre erweisen, mir den ersten Walzer zu reservieren?"

Während Alexa eifrig nickte, war die Tante in Gedanken noch bei der Dekoration. „Ich muss die Haushälterin fragen, ob sie irgendwo blaue Bänder hat."

Sprachs, verließ den Raum und machte ihrem Titel als schlechteste Anstandsdame der Welt einmal mehr alle Ehre. Der Earl bedauerte kurz, dass er zu sehr Gentleman war, um die Situation auszunützen und Alexa in seine Arme zu ziehen. „Also, meine Liebe", sagte er stattdessen, „erzählen Sie mir etwas von sich."

Währenddessen warf der Butler einen Blick auf den Tisch im Arbeitszimmer, wohl wissend, dass die Schreiben dort vom Hausherrn noch versiegelt werden würden. Der Stallmeister hatte ihn gebeten, herauszufinden, wohin die Boten geschickt werden mussten, damit er möglichst schnell die notwendigen Vorkehrungen treffen konnte.

Wohin würden die Boten reiten?

1 NACH LONDON, ROCHESTER UND BRIGHTON, ABER NICHT NACH CHELMSFORD

2 NACH BRIGHTON, ROCHESTER UND CHELMSFORD, ABER NICHT NACH LONDON

3 NACH ROCHESTER, LONDON UND CHELMSFORD, ABER NICHT NACH BRIGHTON

Bald schon erfüllte der Chor der Gäste das ganze Haus. Verlief das erste Lied noch eher verhalten, unterbrochen von Räuspern und gemurmelten Entschuldigungen, so klappte das zweite bereits besser, und nach dem dritten waren die Gesichter vor Freude gerötet und man erklärte sich gegenseitig, wie zufrieden man mit der Sangesleistung war. Dann wurden kleine Gruppen durch das Los bestimmt, die sich über Mrs Ashwaters Rätsel hermachten. Alexa hatte mit Lord Odham, Heather und Kate keine glückliche Wahl. Während der Gentleman das Kommando übernahm und jeden Vorschlag als Kritik verstand, hatte Kate nur Augen für Mr Brews, der ihr ebenfalls unablässig zulächelte.

„Ich ahnte nicht, dass Sie mit Lord Sharingham verwandt sind, teuerste Freundin", wurde sie von Heather überraschend unterwürfig angesprochen. „Wir hätten uns am Ball doch viel ... äh ... besser unterhalten können, wenn ich das gewusst hätte."

Das ist ja wieder einmal typisch, dachte Alexa. Kaum gilt man als Verwandte eines Hochadeligen, schon hat man viele Freunde.

„Acht Buchstaben!", verkündete der Earl schließlich und hielt triumphierend das Blatt in die Höhe. „Das Wort ‚faithful' fehlt. Nun einen Walzer, wenn ich bitten dürfte."

Ohne auf Proteste zu achten, ging er zu Alexa hinüber und verbeugte sich: „Unser Tanz, Miss Winford."

Die anderen Gäste beeilten sich, die Tanzfläche freizugeben, und Jane und Lucy griffen wieder in die Tasten. Die jungen Leute schlossen sich dem Paar an, und auch der Zeremonienmeister und Tante Ethel wagten ein Tänzchen. Diener sorgten für Erfrischungen, die Gäste lachten, plauderten, tranken und unterhielten sich königlich.

Alexa bekam von all dem nur am Rande etwas mit. Sie lag in den Armen des Gentleman, der ihr Herz um so vieles schneller schlagen ließ, dass sie sich sicher war, er würde es bemerken. Doch sie war viel zu glücklich, als dass ihr das etwas ausgemacht hätte. Sollte ihm doch ihr Herz die Gefühle verraten, die der Mund nicht aussprechen durfte.

Nach dem Walzer folgte ein Reel, zu dem der Earl Alexa abermals führte. Da das Musikzimmer zu klein für alle war, wurde dieser Tanz nur von drei Paaren ausgeführt und die anderen standen am Rand und klatschten im Takt. Lord Odham war der Einzige, der „Hier fehlt ein schottischer Dudelsack!" maulte.

„Jetzt spielen wir Scharade!", rief seine Gattin, als die letzten Töne verklungen waren, und plumpste auf das Sofa. „Mir tun vom Zuschauen die Füße weh!"

Ethel zeigte auf die Schreibutensilien, die sie vorbereitet hatte. „Es spielen die Herren gegen die Damen!", verkündete sie. „Sie kennen sicher die Regeln: Jede Person schreibt einen Begriff auf, den dann ein Teammitglied pantomimisch darstellen und die gegnerische Gruppe erraten muss. Unser Thema ist natürlich Winter und Weihnachten."

Es wurden höchst vergnügliche Stunden. Als der beleibte Mr Ashwater einen Schneemann darstellen wollte, lachte nicht nur seine Gattin Tränen. Charles Brews überzeugte als Schlittschuhläufer und seine Angebetete Kate scheiterte als Taubenpastete. Der Earl war als Letzter an der Reihe. Er formte mit beiden

Händen eine große Kugel, hielt diese dann über den Kopf, zog Tante Ethel zu sich heran und gab ihr einen schmatzenden Kuss auf die Wange.

„Mistelzweig!", riefen die Mädchen, und damit hatten die Damen das Spiel gewonnen. Während alle wild durcheinander redeten, sich selbst und den anderen gratulierten, bemerkte Alexa, dass der Earl ihr zuzwinkerte. Vor lauter Strahlen vergaß sie wieder einmal, mädchenhaft den Blick zu senken.

„Bevor wir aufbrechen, habe ich auch noch ein Rätsel für Sie alle", meldete sich Lord Odham zu Wort und stellte sich in Pose.

„Ich bin im Himmel und im Stern,
im Engel und im Mandelkern.
Im Grog und Kalbskopf bin ich nicht,
wohl aber in' nem Fischgericht.
Man findet mich in Senf und Wein.
Nun ratet mal, was mag ich sein?"

Was wird gesucht?

1. EIN BESTIMMTES GEWÜRZ
2. EINE BESTIMMTE FORM
3. EIN BESTIMMTER BUCHSTABE

❶ ❷ ❸

Die Standuhr in der Eingangshalle schlug halb zwölf. Der Earl of Sharingham hatte eine ruhige Stunde im Haus seines ihm noch immer unbekannten Großonkels verbracht. Bei seinem Eintreffen hatte er ein paar Worte mit dem Kammerdiener gewechselt und kurz darauf polterndes Lachen aus einem der Schlafgemächer vernommen. Dann hatte man ihn in die Bibliothek geführt, ihn mit Tee und Brandy versorgt und ihm vorgeschlagen, sich aus den Bücherregalen zu bedienen. Der Earl lächelte zufrieden. Es lief alles nach Plan. Da hörte er das Eintreffen eines Reiters auf dem bekiesten Vorplatz und sein Lächeln vertiefte sich. Schon wurde der Türklopfer betätigt und kurz darauf ertönte Mr Brackwoods Stimme.

„Seid mir gegrüßt, Dienerschaft!", hörte er ihn rufen. „Der zukünftige Hausherr ist soeben angekommen!"

Sharingham wusste nicht, ob er sich über diese dreisten Worte empören oder amüsieren sollte. Als ihm der Neuankömmling kurz darauf gegenüberstand, war keines der beiden Gefühle in seiner Miene zu lesen.

„Sharingham, Sie sind tatsächlich schon hier!", rief Brackwood erfreut. „Ich konnte es nicht glauben, als der Wirt sagte, Sie seien tatsächlich um neun aufgebrochen. Auf dem Ritt hierher habe ich stets befürchtet, dass Sie mir irgendwo eine Falle stellen."

„Eine Falle?", wiederholte der Earl. „Ich versichere Ihnen, das ist nicht mein Stil."

„Nobel", kommentierte der andere. „Nobel, nobel. Ich wäre nicht so fair gewesen, doch anscheinend haben Sie das Erbe hier nicht nötig und überlassen es mir freiwillig. Ach, sehen Sie nur, es hat zu schneien begonnen. Na, da habe ich ja noch Glück gehabt."

„Wenn mir die Herren bitte folgen wollen!", meldete sich der Butler von der Tür her.

Der Hausherr war ein mickriger, kleiner Mann mit bläulich gefärbten, eingefallenen Wangen und einer riesigen Zipfelmütze auf dem Kopf, die ihn schier zu erdrücken schien. Doch seine wasserblauen Augen waren hellwach.

„Ihr seid also meine Großneffen", sagte er zur Begrüßung und blickte prüfend von einem zum anderen. „Wer von euch beiden ist der Earl?"

„Das bin dann wohl ich." Sharingham verbeugte sich.

„Und wer von euch beiden hat dem anderen sein Pferd geliehen?", lautete die nächste Frage.

„Das war dann wohl auch ich." Der Earl konnte, als der Alte ihm daraufhin zuzwinkerte, ein Grinsen nicht vermeiden.

„Ach ja, richtig!", fuhr Brackwood auf, nachdem auch er die Begrüßung hinter sich gebracht hatte. „Ein nobler Zug von Ihnen, Sharingham. Haben Sie mir absichtlich einen Ritt auf Ihrem feurigen Hengst vergönnt oder waren Sie vom Vorabend noch so benebelt, dass Sie nicht gemerkt haben, dass Sie auf meinen Wallach gestiegen sind?"

Aus dem Bett folgte ein weiteres polterndes Lachen, das in einem Hustenanfall endete. „Ich wollte mein Erbe dem Klügeren vermachen, und das gelingt mir nun ohne Zweifel. Es ging darum, welches Pferd als zweites mein Anwesen erreicht, und das war dann wohl das des Earls."

„Das Pferd!", rief Brackwood aus. „Es ging um das Pferd? Sie haben mich hineingelegt, Sharingham, Sie Schuft! Sie haben mir meinen Wallach gestohlen, mir blieb gar nichts anderes übrig, als Ihren Hengst zu nehmen."

Ein verächtlicher Blick ließ ihn verstummen. „Ich habe Ihnen ausdrücklich angeboten, mich im Stall zu treffen. Sie sind selbst schuld, dass die Dinge so liefen, wie sie liefen."

„Nun", der greise Mann im Bett hob seine schmale, von Altersflecken übersäte Hand, auf der ein Ring mit einem großen Brillanten prangte. Er wandte sich an Brackwood. „Ich will nicht so sein und dich ganz ohne etwas nach Hause reiten lassen. Wenn du mir folgende Frage beantworten kannst, soll der Ring dir gehören:

Bei uns schneit es, wie du siehst. Doch wie sieht es in unserer Kronkolonie Mauritius aus? Was meinst du, wird dort in 36 Stunden die Sonne scheinen?

Wie lautet die richtige Antwort?

❶ DIE SONNE WIRD SCHEINEN.

❷ DIE SONNE WIRD NICHT SCHEINEN.

❸ DAS KANN ZU DIESEM ZEITPUNKT NOCH NIEMAND WISSEN.

York? Dieser Botschafter hat es tatsächlich geschafft, dass Shildon nach York versetzt wurde?" Als es Alexa gelungen war, herauszufinden, dass man den Brief von rechts nach links und von oben nach unten lesen musste, um ihn zu verstehen, konnte sie ihr Glück kaum fassen. „Ich weiß nicht, wie ich Ihnen danken soll, Lord Sharingham! In York kräht kein Hahn nach mir oder dem Verlobten meiner Schwester. Was immer Shildon über mich oder Dunblane herausfinden und schreiben wollte, stellt nun keine Gefahr mehr dar."

„Das ist ja alles schön und gut, Liebes", meinte die Tante, „aber nun wird es höchste Zeit, dass wir unsere Geschenke fertigstellen. Husch, husch, Neffe, zieh dich in dein Arbeitszimmer zurück, wir wollen dir ja eine Überraschung bereiten!"

Da es geraume Zeit her war, dass ihn jemand wie einen Schuljungen verscheucht hatte, lachte der Earl und fügte sich. Schon machten sich die beiden Damen an die Arbeit. Ethel vollendete ihre Stickerei an den Pantoffeln und Alexa setzte die letzten Pinselstriche auf das kleine Bild, das sie für den Hausherrn anfertigte. Es zeigte einen Pferdeschlitten, der durch den Winterwald fuhr, und sollte ihn für immer an einen besonders romantischen Augenblick erinnern. Nach dem Mittagessen spannte sie das Bild in einen Rahmen und schlug es in Packpapier ein. Dann verpackte sie die Taschentücher und die Box mit Kittys Mütze.

In der Nacht, als es zum Glück aufgeklart hatte, stand dann der Schlitten bereit, um die drei in Decken und Felle gehüllt zur Kirche zu bringen.

Und dann war er da, der Weihnachtstag. Draußen hatte es wieder leicht zu schneien begonnen. Drinnen saßen sie gemütlich um den Tisch und genossen den heißen Plum Broth, gefolgt von allerhand weiteren Köstlichkeiten.

„Ich muss mich unbedingt bei der Köchin bedanken", sagte Tante Ethel, als sie sich von der Tafel erhoben. „Geht ihr schon voraus ins Wohnzimmer. Ich komme gleich nach, und dann entzünden wir die Kerzen auf der Eibe."

So kam es, dass sich Alexa und der Earl unter der Weihnachtsgirlande wiederfanden. Er nahm ihre Hände in seine, blickte zum großen Mistelzweig hinauf und ihr dann direkt in die Augen. „Darf ich?"

Sie nickte, ohne zu zögern. Da zog er sie in die Arme und küsste sie. Vorsichtig zuerst. Doch als er merkte, wie bereitwillig sie den Kuss erwiderte, vertiefte er ihn mit hoffnungsfroher Innigkeit. Hätten sie nicht gefürchtet, dass ihre Anstandsdame, so ungeeignet sie auch war, jeden Augenblick zurückkommen könnte, wären sie noch länger unter dem Zweig geblieben. So aber setzten sie sich nebeneinander auf das Sofa beim Kaminfeuer.

„Miss Alexa Winford", begann er feierlich und hob ihre Rechte zu seinem Herzen. „Wir kennen uns erst seit kurzer Zeit. Viel zu kurz, als dass vernünftige Menschen von Liebe sprechen würden."

„Lass uns unvernünftig sein", flüsterte sie und blickte so erwartungsvoll zu ihm auf, dass er gar nicht anders konnte, als sie wieder in die Arme zu ziehen und zu küssen. Tante Ethel, die eben im Türrahmen erschienen war, sah es, lächelte zufrieden und zog sich auf Zehenspitzen wieder zurück.

„Willst du mir die Ehre und Freude erweisen, meine Frau zu werden?"

Ja! Ja! Tausendmal ja!, wollte Alexa ausrufen, doch die gute Erziehung siegte. „Ich bin noch nicht volljährig", antwortete sie mit einem bedauernden Lächeln. „Mein Vormund ..."

„... hat mir bereits meinen größten Weihnachtswunsch erfüllt und uns seinen Segen gegeben", vollendete er den Satz. „Du erinnerst dich, dass es drei Briefe waren, die ich vor Tagen geschrieben habe? Der dritte ging an deinen Vormund mit der Bitte, dir den Hof machen zu dürfen. Und sieh selbst, er hat mir die Erlaubnis dazu erteilt. Mit Freuden, wie er ausdrücklich betont."

Er zog einen Brief aus der Innentasche seines Jacketts, doch Alexa glaubte ihm auch so.

„Dann will ich liebend gern deine Frau werden", rief sie und fiel ihm um den Hals, mutig genug, um ihm jetzt ihrerseits einen Kuss auf die Lippen zu drücken.

Als Alexa an diesem Abend im Bett lag, hätte sie vor Glück weinen können. Und neben all der Liebe, die sie empfand, und all der Vorfreude auf ihr weiteres, gemeinsames Leben mit dem Earl meldete sich auch die klitzekleine Stimme der zufriedenen Schadenfreude zu Wort. Constance konnte so oft Baronin werden, wie sie wollte, vor einer Countess, also der Gemahlin eines Earls, musste sie dennoch allemal knicksen.

Sophia Farago gilt als die Königin des deutschsprachigen Regency-Romans. Sie liebt England, nennt die englische Geschichte des beginnenden 19. Jahrhunderts „meine Zeit" und hat selbst stilecht über dem Amboss in Gretna Green geheiratet. Bereits als Mädchen begann sie sich für diese Zeitepoche zu interessieren, hat die Insel mehr als fünfzig Mal bereist und Berge von Hintergrundliteratur gelesen. Bei arsEdition erschien bereits der Regency-Escape-Roman „Das Versprechen des Viscount".

Impressum
© 2024 arsEdition GmbH, Friedrichstr. 9, D-80801 München
Alle Rechte vorbehalten
Text: Copyright © 2023 by Sophia Farago
Dieses Werk wurde vermittelt durch die Michael Meller Literary Agency GmbH, München.

Illustrationen Cover und Innenteil: Toni Hamm
Covergestaltung, Collagen und grafische Gestaltung Innenteil: Marielle Enders, it'sme design

Bildnachweis Cover: The Ultimate Vintage Design Collection © Tom Chalky; Vintage Flower Illustrations - Vol 1 by BirDIY Design © Creative Market; NOUVEAU - Vintage Floral Collection by Veris Studio © Creative Market; www.shutterstock.com: Lisla, Konmac, lynea, Alex_Po

Bildnachweis Innenteil: The Ultimate Vintage Design Collection © Tom Chalky; Vintage Flower Illustrations - Vol 1 by BirDIY Design © Creative Market; NOUVEAU - Vintage Floral Collection by Veris Studio © Creative Market; Dover: © 2006 by Dover Publications, Inc.; www.shutterstock.com: Sergey Kohl, Arthur Balitskii, edi zarman, AVA Bitter, MoreVector, Alexander_P, Irina Trusova, Morphart Creation, Ilya Oktyabr, Hein Nouwens, IrinaKorsakova, Maisei Raman, Yumeee, AntonSokolov, Real Vector, deankez, iamaimmy, remuhin, YKvisual, studiovin, Larisa1, Mercedes Fittipaldi, tale, Ola-la, mamita, Pinkystock, valentina-sergiy, Gaspar Costa, Bodor Tivadar, Elena Pimonova, VETOCHKA, Alona K, Fusionstudio, Subbotina Anna, Antonio-I, Andras Szen, Rob Fuller, Fokasu Art, inxti, Oleksii Arseniuk, leomagdala, Parmeh, Ela Kwasniewski, Ollie Taylor, Ferenc Szelepcsenyi, potas, ponsulak, aniana, worradirek, klyaksun, CSNProductions, Arch MerciGod, olgatlt63, SpicyTruffel, GANPATI CREATION, Pixel Petals Studio, nikkimeel, SimoneN, Yulia Reznikov, Triff, charl898, ben bryant, Byjeng, Vitaly Raduntsev, ellaria, CastecoDesign, Lisla, BOSSICA SHIOP, Olga Korneeva, HiSunnySky, AcantStudio, Juris Kraulis, Poltavska Yuliia, nattanan726, anna.evlanova, chempina, Miss Lychee, the palms, CHA.PEACH, Aleksandr Ozerov, MaKars, Pozdeyev Vitaly, fotohunter, M.F.A.M. Museum, Dm_Cherry, lynea, Mario7, Nosyrevy, Diana Taliun, Rawpixel.com, GarryKillian, MyStocks, Nata_Alhontess, smash338, Konmac, Elena Schweitzer, Nagy-Bagoly Arpad, Olga Rutko, AlinArt, Peratek, AM-Studioo, alex74, sch, artbond, Pavel K, Lvivjanochka Photo, Alex_Po, irAArt, rawf8, Danussa, PrimeMockup

ISBN 978-3-8458-5425-0
www.arsedition.de